梅江晴月

/ 著

时光深处，岁月向暖

中国华侨出版社

诗意江南——读倪慧娟散文

李婍

（国家一级作家。中国作家协会会员，中国电视艺术家协会会员，中国散文学会会员）

初冬之夜，收到倪慧娟发来的散文集，雾霾之夜的寂寥中，阅读这些文字，一股清新之气扑面而来。

读她的文章，那诗意的倾听和诗意的倾诉，如同一缕轻柔的风，若有若无扑面而来。轻松地读下去，你会感觉到，这个江南女子在娓娓动听地向你讲述着乡间旧事，与你讲述她的心路历程。她的每一篇文字都充满神韵，无论世俗人生，还是心灵感悟，都文采飞扬，在她的文字里，飘逸着江南的灵气与多情。

倪慧娟生在江南一隅，我与她素未谋过面，只是文字之交，读她的文，便认定，这是个云烟天成、清澈如水的女子。她的作品中，涉及的题材很广泛，无论梦里的水乡、温馨的亲情，还是芬芳的友情，抑或生活的点滴感悟，被她随意的顺手写来，于低吟浅唱处轻诉心事，文字浸润着江南水乡的妩媚柔软，每一篇文字都充满味道。

从《梦回水乡》、《故乡》、《老屋》这些作品中，能读到梦里水乡的温婉情怀，那是一个远离故乡的游子的思乡曲，记忆中，"故乡是时远时近的一种声音，随着风飘过来荡过去"，记忆中，故乡是一幅唯美、温情的水墨画，在她的梦里散发着独有的氤氲湿润气息，"回望江南，一梦不愿醒，山水之中是那故土难忘的情怀；追忆江南，一泪洒汗巾，草木之间是故土难离的思念"。她把这些抒不尽的情愁写成素语，淡淡的乡愁形成独有的美感。《一曲销魂越剧情》则是作者独特的人生体验，唯美典雅，极具江南灵秀之气的越剧，是她故乡的地方戏，因为生长在水乡，这个骨子里有文艺气质的女孩喜欢上了这种有着水的温柔绵软的唱腔，作品中唯美的意境，充满感染力。

亲情、友情是散文作品永恒的主题，在人的生命历程中，那些刻骨铭心的感情令人难以忘怀，这不是女性的儿女情长，这些情感是人类共通的。有情感美的作品不但会有较高的文学价值，还更有生命力。她把至真、至美、至善、至纯的情感体验融入一篇篇文字中，她的这类散文作品中呈示鲜明的爱憎，文字朴素缜密，文笔清丽，极富有真情实感。《家书依然抵万金》中，虽然书信这种古老的传信方法已经渐渐被淡忘，但是远在故乡的父亲依然盼望在外求学的女儿寄回的家书，因久未收到女儿的来信，父亲借别人家的电话拨通了学生宿舍的公用电话，"父亲不会说普通话，要有多少勇气才敢拨打我的电话号码啊"，一个憨厚仁慈的父亲的形象跃然纸上，读这篇散文，你的感情会和她产生共鸣，读着，便觉得鼻子酸酸的，泪在眼眶里打转。这种直接的亲情体验，大都是生活中的一些不起眼的小事，她从小处着墨，从中发现美好和温暖，在平常的生活中发现诗意，在平淡中寻找感动，这是作者的功力所在。

温柔年华部分，写的是作者的一些人生点滴感悟，她以女性的激情与柔情，以写作者的直觉和敏感，表达了生活和生命中随时能感受的真实情感，这一类的文字于随意中增加了思想深度和纬度，她把自己的思考赋予诗的语言，有思想有灵性，美而不空。"爱极了如女子般风情万种的风铃，或绰约动人，或玲珑巧态，而在其或婉转或清脆的音调中，恍觉自己也是风情万种的女子，在人世间寻找最珍贵的感情，这些年来，风铃仿似我的红尘知己……"一个小小的风铃，也被作者赋予了浓浓的艺术美。

她用女性多情的目光，用江南女子的细腻，捕捉生活中无处不在的美，那些对生活的独特的个性体验，被她用生动的笔触向我们娓娓道来，这些文字中有哲思的内蕴，亦有对生命、对自然的感性认知和理性思考。

目录
Contents

第一辑　梦回水乡

远方的游子，

总是挂念着梦中的那个故乡，

那一场露天电影、一座老屋、

一碗家乡酒的记忆，

在梦境里沉浮。

梦回水乡

子夜，随风飘落的雨淅淅沥沥地敲打着窗棂，也淅淅沥沥地敲打着一颗游子的心。

有树叶飘落的声音，将湿漉漉的心灵扣响，发出了原始的呼唤！呼唤，呼唤遥远的归途呵！那一颗颗游子的心，在飘荡，在摇曳，是谁在呼唤归途？是那梦里的雨滴吗？滴落成心海的茧，把每一分肌肤都裹成故乡的模样。还是那梦里故乡的山河？在长长的思念里伸出了触角，摇晃着夜晚的清梦。

卸下夏日的疲惫，我的心灵重新返回了那令人魂牵梦绕的水墨江南。那依水而居的崇山峻岭，绿茫茫一片，织成了一张缠绵的网。而触手可及的映日荷花，分明是娇羞的模样，倾洒着醉人的芳香。还有那一座座古老的桥，碧绿的藤蔓爬满了桥面，书写了过去的时光。

微风浮动的水面，有浮萍在轻轻地摇曳，晃动着一生的绿。出水芙蓉则毫不羞涩地绽放着，从夏荷的莲叶中走出来的渔家姑娘，在层层碧波中荡漾着笑容。有清脆的歌声划过水面，清平乐的曲调平平仄仄，分外妖娆。不甘寂寞的蜻蜓在荷尖奋力地舞蹈，时而划过水面，划过一阵凭水而居的涟漪。

水边的村庄啊，你是否也在静夜里聆听远方游子的呼唤。暮霭沉沉，睡梦中的呼吸，夹杂着陈旧的岁月，渐行渐远的时光，恍惚之中已成荧幕中的碎片，封藏在记忆夹缝中的点滴，便又随着呼吸逐渐放大。

夜，渐渐成模糊的轮廓，仿佛是那一幅黑白的水彩画，流动的水墨画上了月夜的追思，流动的水韵勾勒了村庄的模样。

夜幕散去，炊烟渐起。早起的采茶姑娘，身披月的华衣踩着月光的影子；早出的牧童，伴着朝霞坐在牛背上笑声阵阵；水田里的蛙鸣取代了虫子交头接耳的声音，正忙着收割的农人在田间挥洒着艰辛的汗水。

为生活而奔波的绝不仅仅是，城市里那些拥挤的人流。

农田里的老牛已经染上了岁月的风霜，正待收割的庄稼正举着沉沉的果实。执着于土地的人们，在自己的脚下努力耕种着新的收获。他们在曝晒的阳光下劳作，在大雨倾盆的天气里种植，他们相互帮忙收割，他们一起日出而作日落而息。那是一种对土地的眷恋，那是一种对生活的情怀。勤劳和善良刻写在他们日渐增多的皱纹里，谱写了一本属于农村生活的书，没有文字却长存在一代人的精神里。

回望江南，一梦不愿醒，山水之中是那故土难忘的情怀；追忆江南，一泪洒汗巾，草木之间是那故土难离的思念。故乡的山水，故乡的情怀，就这样深深地根植在我的血液里，化成丝丝缕缕的云烟在我的脑海里久久徘徊不去。子夜熟睡的梦里，我又感觉到了那熟悉的乡音，还有淡淡的泥土的芬芳。

故乡

北京的风毫不留情地卷起季节之外的寒冷，想家的心情随着风的流动，从我匆忙的脚步间汩汩而来。

于我经夜奔跑的梦，故乡是时远时近的一种声音，随着风飘过来荡过去。走在熙攘的人群中，我来不及抓住在梦里响彻了千遍万遍的乡音，耳边不停回荡的，只剩下都市烦乱的节奏，噪音，无限度地震击着我脆弱的耳膜。总想停下匆忙的脚步，与我熟悉的声音对话，却又被来来往往的人群挤过来挤过去，不停转换着方位的脚步又开始了毫无意义的旅行。

故乡的呼唤，成了我熟睡的梦。

我不止一次地梦见青山绿水中的村庄，敞开了巨大的胸怀，醇厚的奶液润湿了我张开的唇。那些曾经遗忘了的角落，在我阖着双眼的梦里，和开春的种子一样开始发芽。

故乡的美丽是随着季节的变迁而变化的，而美丽的神韵却从未曾改变过。

满目的翠绿织起了春天的帷幕，而漫山遍野的映山红和芳香四溢的山栀子花，仿如巧手姑娘在帷幕上争先恐后地用针线缝上一个个花枝招展的图案；碧水承载着青山，稻花的芬芳挤兑着众荷的清香，这炎炎的夏季就变得清凉起来；金黄色的稻田像铺开了一张网，将高空和大地的果实放入自己的口袋，镰刀下的微笑是一弯明亮的月，圆了秋天的希望；怀着麦籽的土地无忌寒风的凛冽，放眼望去，空阔的土地宁静而安详。

故乡的勤劳贯穿着日夜的交替，横跨着故乡的土地。

灿若星辰的露珠还在草叶上欢快地舞蹈，袅娜的炊烟已经穿透了云霄；睡梦中的黑土地还不曾张开眼睛，咸涩的汗水已经浸入了她的心脏；闪烁的星辰高高挂在天上，见证了黑压压的土地上忙碌的人影；不甘寂寞的嫦娥悠闲地抱着玉兔，欣赏着黑夜中勤劳的歌唱。雨水打湿过故乡的衣裳，烈日曝晒过故乡的肌肤，而勤劳的体魄却不曾动摇过。

故乡的繁荣体现在热闹非凡的集市和那些宴请亲朋好友的节日中。

每逢农历一、四、七，镇上都会有一次集市。买东西的，卖东西的，还有一些只是在拥挤的人群中体味乐趣的，都集中到了镇上。吆喝声，讨价还价声，沸腾了小镇活跃着故乡。到了宴请亲朋好友的节日，戏台子搭起来了，大伙聚集在台下看戏子有声有色的演唱，咿呀婉转的唱调在山坳里回荡。

时常从梦中醒转，故乡的影子就在眼前摇晃。于是就睁眼醒着，让那些久违的景致和思绪在寂静的夜里一遍遍地回放。在这喧闹的都市里，也只有夜晚才真正属于我的心灵，好让我与我梦中的故乡对话。

当初离开故乡，为的是寻找心中的梦想，而今，穿越了大半个中国的旅行，鉴阅过大西北的广袤胸怀，翻阅过秀丽山水的叠影，我的视线最终还是落在了故乡的焦点上。也曾在沙漠边缘狂啸，也曾在草原深处奔驰，心却落在了那一个遥远而熟悉的地方，她那宁静慈祥的目光是一盏永远明亮的灯，使我无论走了多么远的路离不开的还是心中永远圣洁的光亮——这就是我永远的故乡！

露天电影

  村里的祠堂前有一块空地，逢年过节的时候经常会搭了戏台子请了戏班子来唱戏，婉转动听的语调、矫健婀娜的身姿几乎是村里老人们最赏心悦目的事。空地平常的时候也用作露天电影院，有时候村里的大喇叭会提前发出广告，有时候靠大家口口相传。不管如何，每逢播放露天电影的时候，大人小孩都兴奋地扛上家里的长椅子，齐齐整整地一溜排开，早早地占好位子。长椅子一般可以坐三到四人，人口少的家庭一家正好够。小孩子们贪玩，是不爱坐长椅子的，他们更喜欢的是和小伙伴们挤到最前面，不管干净不干净往地上就那么席地而坐，然后有说有笑地等着电影开播。

  村与村隔得不远的，也会相约着一起到邻村去，翻过一座小山岗不过五里路，邻村就到了。去的多了，根本不用问路，就知道露天电影在哪里播放。邻村有亲戚的，甚至连晚饭都直接去亲戚家吃了，然后和表兄弟姐妹们勾肩搭背兴冲冲地一起去看电影。看完电影，或和同村的伙伴成群结队回家，或直接就住在了亲戚家，反正表兄弟姐妹们也是够热闹的。

  那时候，村里几乎没有电视机，所以露天电影是大人小孩都很喜欢的娱乐项目。有些坠入爱河的年轻男女甚至可以借此机会拉拉小手什么的，虽然谈恋爱还有点偷偷摸摸的感觉，但黑灯瞎火的谁也看不见，更不必管家长们的态度了。尽管电影是黑白的，尽管有时候明知道那部电影已经看过了，人们仍然还会乐此不疲地搬了凳子就去。《一江春水向东流》、《杜十娘》、《五女拜寿》等，都成了大家耳熟能详的经典影片。

中学的时候，大部分学生住了校，学校的操场就成了露天电影播放的场所。晚自习取消了，一到时间点，大家都争先恐后地到操场去了。没有椅子，大家就站着看，同样看得开心无比。这时候，也不分老师还是学生，大家的待遇是一样的，同样都是站在老槐树下，看光影转换中的银幕世界。记忆中最深的是那一场《妈妈再爱我一次》，真是全场潸然泪下，直到现在都不能忘记。

大学时代的操场比村里祠堂前的空地不知道大了多少倍，播放电影的频率也更多了，彩色电影也渐渐进入了人们的视线。谈恋爱的已经不再限于拉拉小手这种小动作了，爱热闹的大学生们也开始喝上啤酒抽上烟了，不爱站着的也可以拿个军训用的小凳子靠最前面去看了。同样都是看露天电影，感觉也完全不同了，没有父母在身边的日子，自由、潇洒已然是大学的代名词。

再后来，崛起的电影院、录像厅慢慢地取代了露天电影的位置。露天电影，那只是"70后"上下的一代人从童年、少年到青年的一场清晰而又美好的记忆。光影交织的露天电影，就那么以不老的姿态存在脑海记在心田，永不磨灭。

老屋

　　梦里一跃千重山，我便又站在了故乡的老屋前。走过狭长的弄堂，岁月伸手可及，悠长的时间隧道、古老的历史痕迹，穿透时光的声音撞击在耳膜上，那么遥远、那么厚重，仿佛是一个睿智的老者在轻轻地叹息，又仿佛是久经岁月风霜的老妪在默默地守望。

　　我家的老屋坐落在村落的下半村，从村头进去要先走过一个宽一些的弄堂，一拐弯就是一个很小很小的小池塘。可就是那么小的池塘，我们也曾满怀兴致地捉鱼、踩水、吓青蛙。拐过池塘，只见方方整整的一块空地，四周住着几乎对门的几户人家。再走一段狭窄的弄堂就是我家了。我家老屋并不是独立的一栋，紧挨着我们的是小爷爷家，两家仅仅一层木板之隔。老屋的建筑很普通，有板有眼的青砖黑瓦，屋檐也没有过多的装饰物。简单得不能再简单。老屋上下两层，楼上是木板房，用来睡觉和堆放杂物，楼下用来做饭、养猪羊鸡等家禽，厕所在楼梯底下，每次上厕所都要忍着家禽粪便的臭味。现在回想，老屋生活多有不便，水是要到村里的井里去打来的，衣服是要到村里的水库去洗的，光线灰暗日光很少有停留的时候，隔音效果很差隔壁的说话声听得很清楚，诸如此类，这些大概都是搬离老屋的理由。

　　搬进新房子之前，在老屋也算是住了很多年，所以对老屋有着别样的情感。还记得，快速跑上楼梯砰砰砰的声音，摇晃着童年的记忆。还记得，坐在楼梯上，一边哭鼻子一边吃药的情景；还记得，坐在小凳子上弯着腰快速地切着用来给猪吃的菜，一不小心切了手指头，把指甲盖都切掉了一小半，便呜呜地哭开了；还记得，冬天太冷的时候烤火，困得睡着了鞋底被烧焦了才猛然醒过来；还记得，黄酒快酿好的时候满屋子的香醇酒味，几个孩子悄悄地去舀了来喝；还记得，烧火的时候小心地把红薯扔进灶火，等着红薯熟了以后那四溢的香味扑鼻而来。大概是因了童年太多美好的记忆，老屋的记忆也就深刻了起来。

尽管都是老屋，却也各不相同。小时候也常去外婆家，外婆家的老屋前有一方废弃不用的天井，老屋的客厅里也有一方废弃不用的天井。每逢下雨的时候，坐在客厅里把手伸出去接雨水，似乎也是一件十分开心的事情。很奇怪的是，从小到大，竟然没有摔进天井的记忆。

前些天，因为要修建新楼房，80年代盖的房子拆除了，父母又住进了老屋，顺带就勾起了我的老屋记忆。曾经生活过的老屋，有童年的欢乐，有时光的怀念，有青春的回忆。

斑驳的墙、流离的灯光、狭窄的弄堂。老屋，到底承载了多少岁月的风霜？

有些老屋，承载了历史的痕迹，每一砖每一瓦都是岁月的烙印。它们会被冠以历史古迹的称号，一边接受着游客的参观并景仰历史，一边由专门的工作人员进行保养修缮，从而长期保留了下来。

有些老屋，已经被废弃不用。或许是因为房子的设施不再适合居住，或许是因为原来的房东搬迁进了条件更好的新房子，或许是因为老屋发生的悲伤事件。总之，那些老屋就那样被废弃不用，仿佛成了无人搭理的临死之人，孤独而苍老。终有一天，也会被拆除，再无影踪。

　　有些老屋，已经被拆除的再无原来的痕迹。在原来的地方，高楼大厦冲天而起，城市的建设如火如荼，老屋的一砖一瓦都被扔在岁月的河流里，只留下和老屋相关的故事，在老人们的言语中留存。

　　总有那么一天，曾经的老屋不复存在，只留下记忆纷飞在时光隧道里。就像我们的生命终究会陨落，在历史长河中灰飞烟灭。如此，只得珍惜这历史长河中的短暂停留，老屋如此，生命也当如此。

一曲销魂越剧情

　　一曲销魂，柔肠寸断。儿时，听得黛玉焚稿声声泣诉，泪便潸然而下——也就是那时候，我开始喜欢上了独属江南神韵、婉转动听的戏剧——越剧。

　　小时候农村还没有电视，夜晚在小操场看露天电影是孩子们极大的乐趣，在我的记忆里，最为深刻的是《红楼梦》和《五女拜寿》两部越剧电影。《红楼梦》的经典情节，在过了这么多年以后，记忆依然极为深刻。黛玉葬花的孤单背影、黛玉焚稿的悲泣绝望、宝玉哭灵的凄然泪下，环顾四周，无论是七八十的老妪还是不谙世事的幼童，无论是已为人妻的农妇还是正值青春年华的少女，观众们一个个都若有所思，红着眼睛擦着眼泪。究其原因，固然《红楼梦》情节的跌宕起伏是个不可替代的因素，但确实，越剧本身那优美凄婉的唱腔，更将《红楼梦》悲剧性的气氛烘托到了极致。

　　当年的观众中，包括我的父母亲，还不到 10 岁的我，还有正值已妙龄的姐姐。其实，家人们并不甘于仅仅作为越剧的忠实观众，也热衷于亲身实践。当年，我就在姐姐的指点下学会了《五女拜寿》唱段，而父亲，甚至一度还在家乡的舞台上跑过龙套呢。

　　在我看来，越剧的曲调优美简直到了无以复加的地步，婉转的韵律如同空谷箫音，令人回肠荡气；而王文娟、洪芬飞、赵志刚、萧雅等一大批老中青越剧演员的努力，又为越剧唱腔的发展注入了强大的动力。这些戏曲大家们深厚的功底和精湛的表演提高了越剧的魅力，扩大了影响力。在他们的感染之下，我也醉心于此，甚至做梦也想着自己有一天能学会唱越剧。

真正学唱越剧选段，则是上初三时的事情了。那时，我们班一位女同学从朋友那学来了《红楼梦》的越剧选段，我就整天粘在她身边学，一个字一个字地琢磨，一遍遍地学唱，终于也能把几个选段唱得惟妙惟肖。后来，上高中上大学，只要有联欢晚会，总是会被同学拉出来唱一段以博一些掌声。同学们的掌声，使我一度以为自己也许会走向越剧的艺术人生。但令人很遗憾的是，难以克服的怯场心理使我最终无法真正地走向舞台，而仅仅停留在了卡拉OK厅的自我陶醉或朋友小聚的开心一乐。

最严重的一次，学校研究生部组织迎接新生晚会，望着台下黑黝黝的人群，紧张的情绪影响了我的正常发挥，我忘记了剧词，傻傻地站在舞台上不知所措。虽然主持人及时解了围，但我拿着小纸条把整个越剧片段唱完的情景，极大地挫伤了我的自信心，以至于我有很长的一段时间失去了登台献艺的勇气。

不过这心理的障碍，并不妨碍我对越剧的喜爱，我依然时不时地哼唱越剧选段，依然时不时地上水木清华看看越协的活动，依然会不停地更新自己的曲目。为了这爱好，我总是想方设法地收集越剧的磁带和CD。《红楼梦》当然是首当其冲想拥有的，从录磁带到CD唱片，再到MP3网络文件，我所收集的《红楼梦》已有好几种版本。后来，随着《沙漠王子》《珍珠塔》《何文秀》等剧目资料的补充，我的越剧CD也就慢慢地多了起来。因特网盛行以后，借助网络下载的便利性，我又及时地扩展了自己收藏的越剧曲目。迄今为止，我所掌握的曲目早已不是年少时那仅有的几个片段了。

越剧，应该说是很难学的剧种，它的唱词发音属于浙江绍兴一带的方言。许多人，尤其是北方人往往听不大懂。好在自己也是浙江人氏，学起来也就占了那么一点点优势。

刚工作的那阵，是我对越剧最为着迷的时候。有一阵学《沙漠王子》中的"算命"选段，真可谓是如痴如醉，只要有空闲时间我便在哼唱，甚至我爱人也跟着我学会了一句"西沙王宫好子弟"。后来，无意中在网上发现了北京有个越剧沙龙，每月的第一个星期六举办一次。于是，兴冲冲地带着刚学会的唱段赶了去，在大家的鼓励下登上小舞台。虽然不是很熟练，但最终还是唱完了整个越剧选段——就是我现在最喜欢也自以为最得心应手的《沙漠王子·算命》。这一选段，后来我在很多场合唱过，同事聚会的卡拉OK厅、朋友聚会的饭桌上、独自开车的途中，唱的多了也就愈加地得心应手。之后，又学会了《何文秀》中的"桑园访妻""狱中"等选段，细细数来，选段数量至少达到了10几个。不同的选段，不同的剧词，不同的情节联想，都带给我一种全新的感受。都说音乐没有界限，越剧的抑扬顿挫使我的世界也变得如此动人美好。

闲暇时拿出越剧CD倾听，咿呀的唱调就把我的心笼络了去，不由自主地跟着宝哥哥唱"天上掉下个林妹妹……"，不由自主地为黛玉焚稿流下两行清泪。一颗原本善感的心，便开始跟着优美的唱调浮浮沉沉喜喜悲悲，一时间，好似所有的尘事都已被抛到九霄云外。

这美丽难舍的越剧情结，点缀了我的业余闲暇生活，也使我在忙碌的工作之余，能够享受到戏曲艺术的魅力。尽管或许上不了大台面，但对越剧的钟爱是我极为自豪的爱好之一，毕竟它使我与艺术也擦了个边，对于我这种理工科专业背景的工程师来说，应该是份难得的缘分吧。耳听着悲悲切切的"宝玉哭灵"，我沉浸在越剧曲调中写下此文，借以记述我的越剧情结，并希望更多的人懂得并欣赏我的家乡剧——越剧。

最醇是那一碗家乡酒

最醇是那一碗家乡酒，抿一口，芳香四溢，再抿一口，醇香入心扉。本人不嗜酒，却也每每回家与亲友相聚，兴之所至，不免觥筹交错，美酒入口，那亲密的亲情和温暖的友情似乎一下子就醉在这浓郁的醇香里了。

都说"酒香不怕巷子深"，每次闻到那甜香的米酒（黄酒还未完全酿成的时候）时，便生出一股想要喝一口的心气来。儿时，会趁着父母不在家的时候偷偷拿一小碗，到酿酒的瓷缸里舀一碗米酒，然后咕咚咕咚大口喝下去，再把剩下的酒糟偷偷地倒掉。把碗洗干净以后，还要小心地检查一下酒缸上面的塑料膜有没有绑紧了，否则空气一进去多了酒就会变酸，那样酒就变质了。

记忆中，家乡的酒有好几种。白色的甜米酒，酒糟和甜水可以一起吃，酒味很淡，偏甜，孩子们都爱喝；黄酒，招待客人时最多的一种酒，冬天的时候，还需要在热水锅里温一温，最适合酒桌上猜拳助兴热闹一番；烧酒，也就是白酒，在我们那叫梅江烧，度数高，酒味正，酒香浓，一度成为我和我哥送远方亲朋好友的礼物。

甜米酒（类似于北方的醪糟）是我的最爱，主要是在天热的时候喝的。那时候过个农历时节，要是哪个亲戚家桌子上摆上一碗甜米酒，那幸福感简直无以言表。偶尔家里有酿的，我们姐妹仨早就在客人喝之前，先偷偷尝过了。虽然甜米酒度数很低，但比醪糟来说酒精含量还是要高一些，因此大人也不让小孩多喝，一碗下去再去舀第二碗，大人通常是不允许的。

黄酒是喝得最多的一种酒了。和绍兴酒类似，是用米做的，酿酒过程中要加红曲，发酵后要把酒糟过滤掉，然后放陶瓷酒缸里封存。逢年过节，黄酒几乎是每家每户都要上桌子的，那些喝酒过量喝醉了的往往也是因为黄酒之故。比白酒度数要低很多，入口有涩味但不难喝，不像白酒那样烧喉咙。所以中年和老年人多少都会喝一点，酒兴也浓一些。至于我吗，也是能喝一小碗的，然后估计就是脸庞红润脚步轻浮了。

梅江高粱烧，醇香无比，入口灼烧但芳香直入心脾。到底是酒精含量高，喝烧酒的比喝黄酒的人还是要少一些。但真正爱喝这一口的，则觉得黄酒的味道和烧酒差远了。小时候，每年家里做高粱烧，把高粱蒸熟之后，我都要吃上一碗高粱饭，拌上白糖，香甜可口。现在家里也还年年酿酒，只是一直没有再吃到过当年的高粱饭。自从故乡的杨梅愈加声名远播之后，杨梅烧也流行了起来。杨梅烧，并不是用杨梅来做烧酒，只是把杨梅泡在烧酒里放置一段时间，再拿出来喝便微甜且醇香。有一次回家，同学带来一大瓶杨梅烧，我错以为是甜饮，猛喝了两大杯，最后醺醺然欲醉，可见杨梅烧的力道其实也不小。

最醇是那一碗家乡酒，最浓是那一方故乡情。每次回家为调节气氛，都要和亲朋好友小酌一杯，微醺，话最多，正是情最浓宜话家常的时候。有酒量好的，在饭桌上一边猜拳一边喝酒，很是热闹，谈天说地之间顺便也拉近了感情。喝的是故乡酒，谈的是故乡情，还有熟悉贴心的乡音，就这样醉在这一碗醇香里。

六个馒头

高一那年，年级组织去千岛湖春游。

那时候，我们年轻的班主任新婚度假，于是更为年轻的实习老师成了我们班的带队老师。当实习老师一宣布这个令人兴奋的消息，教室马上为大家的喧闹声所爆炸。同学们纷纷问了一些关于春游要注意的事项和所交的费用等问题，接着实习老师又问了一句"大家还有什么问题吗？"很长的时间，没有人举手也没有人站起来，谁也没有注意到角落里来自山区的那个女孩子，她微举着手，手指却颤抖着没有张开来，颤巍巍的嘴唇一张一合却没有声音。很久很久，女孩子站了起来，用极低的声音问：老师，我可以带馒头吗？一阵其实并没有恶意的笑声刺激着女孩子，她的脸通红通红的，低着头默默地坐了下来，眼泪无声地沿着脸颊流了下来。漂亮的女实习老师走过去，抚摸着她的头说：你放心，可以带馒头的，没事的。

出发的前一天，女孩子拿着饭票买了六个馒头，然后低着头好像做贼似地跑回宿舍。宿舍里几个女同学正在收拾春游要带的零食，一边唧唧喳喳地讨论着什么。女孩子直奔自己的床，迅速地用一个塑料袋把馒头装了进去，女同学的讨论声似乎小了下去，女孩子眼圈红了。

出发的那天下着大雨，淅淅沥沥地洗刷着女孩子的心情，在她的背包里有六个馒头。女孩子没有带伞，只好和别的同学挤在一把伞下，为了不因为自己而使同学淋湿，女孩子不停地把伞往同学那边移，等到目的地千岛湖时，女孩子的一半身子湿漉漉的，身上的背包也湿漉漉的。大家纷纷冲向饭馆吃饭去了，女孩子一个人待在招待所里，等大家都走完以后才从背包里取出馒头。可是，由于塑料袋子破了一个洞，湿透背包的雨水将馒头泡透了，女孩子就这样一边流泪一边嚼着被雨水浸泡过了的馒头。因为她身上根本就没有买吃的钱。

女孩子还没有吃完一个馒头，同学们就回来了。她没有料想她们会回来这么快，来不及藏起湿透了的馒头，只好匆忙间往还没有干的背包里塞。班长妍突然说，哎呀，把我饿得还没有吃饱呢，能给我吃一个馒头吗？女孩子不好意思摇头也没有点头，妍已经打开她的背包啃起馒头来。其他几个同学也纷纷走过来拿起馒头一边嚼一边说，其实还是学校食堂做的馒头好吃。转眼，女孩带来的六个馒头都被同学们吃完了，女孩子看着空了的背包只有无声地落泪。

第二天，到了该吃早饭的时候，女孩子偷偷一个人走了出去。雨已经停了，女孩子的心却在流泪，如果不是自己央求父亲借钱交了车费原本就可以不来的，可是山水是那么秀美，女孩子怎能不心动？女孩子在招待所附近的一座矮山上一边后悔一边默默地落泪。是班长妍最先找到女孩子的，妍拉起她的手就走，一边说：我们吃了你带来的馒头，你这几天的饭当然要我们解决呀！女孩子喝着热腾腾的粥吃着软软的馒头，眼圈红红的。

后来总有人以吃了女孩子的馒头为理由请她吃饭，使她不再嚼着干硬难咽的馒头，使她可以和所有其他同学一样吃着炒菜和米饭。女孩子的脸上渐渐有了笑容，她默默接受了同学们不着痕迹的馈赠，默默地享受着这份单纯却深厚的友谊。女孩子没有什么可用来感谢她的同学，只有用更努力的学习，更积极地去帮助别人和总是抢先打扫宿舍卫生来表示她的感激。

后来，这个女孩子不仅是班里学习最好的一个也是人缘最好的一个。

因为女孩子知道，同学们给她的是财富所不能买到的善良和真诚。他们的友谊就像春天里最明媚的那一缕阳光照射在她以后的人生道路上，使她相信，只要真诚地对待身边的每一个人，那么人与之间的真情就会是一盏明灯照耀着所有的人，就会有一种美好的信念支撑着所有的人。

夏夜，如水的年华

1

星光璀璨、月色绰约、水面斑斓，令人沉醉其中。

月光倾洒在水面上，一群穿着轻薄汗衫的少女们在水中嬉闹。善游泳的一头猛扎进水底，又呼啦一下从水库的另一边探身而出；不善游泳的只在离岸边不远的地方练习浮水，或者相互拍打着水花。水库的另外一处，男孩子们如鱼得水玩得欢快之极，他们可以在水里玩出各种花样，可以随意追逐游戏，仿佛水就是生命，无拘无束，自由自在。

那时候，从水乡出来的男孩子不会游泳几乎是天方夜谭。他们不仅会游泳，而且游的相当好，虽然没有现在的自由泳、蛙泳、蝶泳各种泳姿，但他们在水里可以尽情地游。他们在水里捞螺蛳，抓小鱼，有时候也玩游泳比赛，经常玩到夜色浓黑才回家。

2

炎热干燥，汗水肆意，整个空间都是热的，令人烦躁不安。

水泥地上洒上凉水，用干净的抹布把的擦地干干净净，然后一家几口人便睡在地板上了。没有空调的降温效用，紧贴着暂时清凉的地面，兄弟姐妹们一起躺在地上，天南海北地聊天，仿佛这就是我们最大的乐趣了。

偶尔有些时候，也会约上小伙伴们，去田野里捉萤火虫。手巧的女孩子们，用麦秆编织出几个带着小手提袋的小笼子，捉到的萤火虫就放在这小笼子里了。麦秆和麦秆之间有缝隙，萤火虫的微光可以透出来，但却爬不出来。我们就一路提着这发出微弱光线的"小灯笼"，欢快地趁着夜色回家。

3

暮光渐沉，溪水轻喃，树影婆娑，令人心情微畅。

墩头中学坐落在杨村旁边，校外几棵粗可抱臂的香樟树带给我们一夏的绿荫，清浅的梅溪就在操场边缓缓流过。在夕阳渐落的时刻，我们经常三五成群，脱了凉鞋，挽上裤腿，恣意地把腿放入水中，踢起一阵阵水花。人少的时候，还可以直接躺在大石头上，看暮色逐渐被月色替代，高兴时哼唱一首月夜的歌，少女轻盈的歌喉划过星空。

那时候，早恋还是不时兴的。男孩子们，女孩子们，大都各自活动。水边的地盘就那么大，常常被我们先占领了，男孩子们只得另辟新地，通常要走到远一些的地方去。当教室的灯光一亮起来，就仿佛有铃声自动开启了晚自习的时间，大家纷纷一路飞奔回教室，在大风扇的呼呼下开始了学习生活。

4

月影西斜，高楼林立，灯火阑珊，令人感觉夏夜的那一丝压抑。

房间里的空调开到了最大的马力，清凉的风降低了房间的温度，但总觉得空气中有那么一丝丝的压抑。人们躲在屋里或看电视，或上网娱乐，或玩手机游戏，一个个低着头全神贯注。做作业的孩子，戴着厚厚的眼镜，在灯影下刷刷地写着公式。客厅的电视里，节目主持人正爆发出一阵笑声。

　　偌大的房子，仿佛是生命的一个箱笼，少却了一家人挤在一起的欢声笑语，不曾有水库里追逐嬉闹的情景，也不再有河边小溪里肆意踩水的潇洒。那些如水年华的夏夜，美好得仿佛只是一场梦，在星光璀璨的梦境里熠熠生辉。

拾捡岁月

　　人生如一条流动的河流，我们在一种信念的推动下不断向前。而在走过的岁月里，总有一些什么在我们的记忆里沉淀。

　　咿呀学语的孩童时代，总是被身子瘫痪行走不便的奶奶紧紧抱在怀里，睁着一双大眼睛找我的妈妈。可是妈妈似乎总是忙碌的不见踪影。每当我哭喊着要妈妈抱的时候，奶奶总是摇晃着瘦弱的胳膊说，"乖，妈妈去山上拣松子蛋蛋去了，挣了钱给你买糖吃。"于是，我便又恢复甜甜的笑容，想象着又红又艳的糖纸的模样。那时候我并不知道松子蛋蛋是什么东西，只知道妈妈是挣钱去了，后来我在山上看到了所谓的松子蛋蛋，就是松树上的松球，据说是可以当药材用的。那时候也不懂父母的艰辛，期盼的眼睛从来不懂为什么母亲总是如此的忙碌。

　　上小学的时候，刚刚流行蚕植业，许多人家相继养起了蚕。我家也不例外。每到别人家蚕茧摘完将蚕楼（一种用麦秸或稻秆子制作而成用于蚕结成茧的工具）扔到门外的时候，我便提着小篮子很仔细地去搜寻别人家因为粗心而剩下的蚕茧。有时候也能攒个半斤一斤的，当从蚕茧收购站回来拿着属于自己的钱时，那种喜悦是小小的童心里最含分量的一种。

　　家乡有很多桃林，小孩子们每到学校放学回来便去桃树上将树脂一点点从树干上挑出来攒成团，再在附近找一张叶面较大的叶子包裹起来，拿回家晒在窗台上。等到收购桃树树脂的小贩子们从村的这头吆喝到村的那头时，孩子们纷纷争先恐后拿出自己晾干了的树脂团团，然后一脸喜悦地从小贩手中接过数量不多却沉甸甸的块块钱。小时候，也喜欢跟着姐姐哥哥满山遍野地跑，一双小手被树脂粘得黏糊糊的，脸上却挂着天真而烂漫的笑容。

在家乡农村，一直以来都是牛拉犁来耕田播种，现在也不例外。小时候，经常能看见一些老年人，背上绑着竹编箩筐手中拿着铁钳子，在田野里寻找干了的牛粪，等到了一定的数量然后可以去镇上的收购站拿去卖，再换回一些生活用品以维持生计。有时候我们这些小孩子们也凑热闹，来了兴致了也跟着老人们装模作样地在田野里搜索，好像学着他们的样子就能让我们的心充满无数的欢乐。现在，田野依然还能看见干了的牛粪却再也看不见背着竹筐的老人在田野寻找的身影，这也是农村生活的一种进步吧。

麦子收割的季节，田畦上会有零散的麦穗掉落。为了不浪费粮食，这时候，拾捡麦穗就是我们小孩子的一项活了。收割完之后，大人在收拾麦秆之前，我们拿着小篮子，在田野里行走，时而弯腰把那些掉落的麦穗拾捡起来。那时候，就算辛苦一些，似乎也不会抱怨，觉得帮家里干活是理所当然的事，何况拾捡麦穗这么简单的活。能为父母分担辛劳，哪怕只有一点点，也是令人欣慰的事。

后来上了大学参加了工作，故乡就变得遥远起来，那些写满了欢乐的童年也只有在回忆的土地里生根发芽。岁月在我们的足迹里已逐渐老去，生活于我们的重心也一直在改变，而在那珍藏着的拾捡岁月里，一直记得曾用双手托起的欢乐，那是在钢筋水泥的都市里永远也找寻不到的。

麦秆扇

搬了几次家以后，母亲送给我的麦秆扇终于还是不见了，扇面上栩栩如生的花鸟虫鱼也只能永远地留在了记忆里。

小时候，家里还没有电风扇，夏天大都靠麦秆扇用来摇一丝凉风。孩子睡着的时候，母亲用麦秆扇赶蚊子；饭菜等客人上桌的时候，主人用来赶苍蝇；炎热的夏日，麦秆扇是我们最好的工具。顾名思义，麦秆扇是用麦秆编织而成的，在那个电子器械还不曾流行的年代，麦秆扇一律皆由农村妇女手工打造。首先要选合适的麦秆，并不是所有的小麦秆都能编出麦秆扇来，一定得挑那些个头高的、秆子粗的；挑出麦秆以后，要用水泡一两小时；然后再用手或者光滑的木头把麦秆压扁；压扁之后就可以进行扇子的编织了，如果想要漂亮的花样，还需要把其中的一部分麦秆染上色，这样在编织的时候交叉起来就可以编出带颜色的花样来了。也许是因为颜料受限，麦秆的颜色以粉色和绿色居多，构造出各种漂亮的花样来，扇面上有的是囍字、有的是福字、有的是鸟停在枝头、有的是鱼游在水里、有的是兰花枝叶摇曳，现在想起来都觉得是好漂亮的工艺品。遗憾的是，那时候没有照相机，否则也许我还能拿出照片来给大家欣赏一下我童年的麦秆扇风采了。

我家的那些扇子都是外婆亲手编织的，选麦秆、压扁麦秆、给麦秆染色、选编织花样，这每一个步骤都是外婆亲自动手完成。每年一放暑假，我们几个表兄弟姐妹都会去外婆家住几天，虽说其实离家很近，但也有不同的乐趣。外婆很勤快，每年会编很多麦秆扇，我们那么多表兄弟姐妹，她都不会落下一个人，有时候甚至可以悄悄多拿到两把扇子，别提心里有多美了。有时候，也跟着外婆编织，却笨手笨脚地总也学不会，至今只会最简单的两根交叉编。就这样，外婆的手艺在我这一代算是彻底失传了，母亲倒也会一些，但因时代的变迁也不再做这烦琐的事了。

当年母亲结婚的时候，她的嫁妆里面，压箱底的就有好多囍字、福字、花鸟虫鱼的麦秆扇。我长大后，母亲又给我分了几把。从上大学带到西安，再到上班后带到北京，一路跟随我辗转几千公里，最后在搬了几次家以后终于还是没再留下来了。从此我再也找不到外婆的麦秆扇了。

在物质文明飞跃发展的时代，正如麦秆扇的消失，有些老人的手艺慢慢地随着时间长河流失了，从此再也寻不见。名气响亮一些的，比如剪纸、捏糖人这些老手艺，作为文化遗产流传了下来，也还有一些年轻人拜师学艺，继续发扬着旧时代承传下来的国粹。而像外婆编织的麦秆扇，则再也不复见天日。如今，还有我的记忆可以回味留在脑海中，悲哀的是，终有一日，连记忆也不复存在。几十年后，又有谁还能记得手工编织麦秆扇的过程，又有谁还能欣赏到那原生态的质朴美丽呢？

故乡的春天

　　每年，当柳絮飘扬在身上的时候，我总会想起故乡的春天那漫山遍野的映山红和芳香四溢的山栀子花。

　　自从上大学开始，我便一直没有机会再次品味故乡的春天，于是故乡绵延的山脉也只是梦中魂牵梦绕的内容之一了。或许是离家乡越来越远的缘故，又或许是怀旧的心思渐渐滋长的缘故，近日来总是想念着家乡的山山水水，仿佛那山那水是我成长的因子，在我遥远的旅途中一再地张望，使我无论在多么遥远的地方一直挂念着的依然是我的故乡。

　　古老的村庄后面便是绵延不绝的山脉，我不知道什么时候才能走到尽头。只在很小的时候听老人们讲山上的故事，据说曾经有一个戏班子在山里行走的时候遇上了大雪天，因此被困在里面再也没有走出来，有时候你要是仔细倾听还能听到泉水的叮咚声中有着隐隐约约的唱戏声。尽管我并没有听到过这样的声音，我却从中了解到翻过了这座山还有那座山，山的尽头在哪里我却无从知道。

　　故乡的山每到春天便分外的迷人，那种绿并不是生长在北方的人们所能想象的。离开家乡求学的这么多年来每每想起那种笼盖了延绵山脉的翠绿，心中似乎总能涌起一丝自豪，这翠绿是北方的山脉所不能比拟的。

　　映山红，据说学名是杜鹃花，在家乡的时候每到春天最耀眼的当属映山红了。在映山红盛开的季节，远远地站在山脚下就能看见山上一簇簇盛开的花，似乎是翠绿之中的凤凰骄傲地露出了红艳的脑袋。映山红除掉花蕊之后的花瓣也是我们小时候的调味品，我们常常在采花的时候将花朵当作零食来吃，偶尔还将花瓣碾成碎末用其中的汁液来染红我们的手指甲也染红了童年的欢乐。

还有那紫荆花，铺满了整座山坡，仿佛掉进了紫色的海洋。紫荆花开的季节，山的翠绿被紫色锦旗所飘扬，水的灵秀被紫色绣球所覆盖，山水之中那一片片紫色，吸引了游人的脚步，也叫醒了春天的灵魂。曾有一场素白的雪，在春天的畅想曲里不甘寂寞地亲吻了紫荆花丛，于是，那片迷人的紫色有了雪的精灵伴舞，成就了一个非凡的春天。

不知道北方的山上有没有山栀子花，以前在女诗人席慕蓉和舒婷的文章里是看到过栀子花这个名字的，这两位女诗人或长或短地在南方生活过，笔下有了栀子花的来历也就不足为怪了。在家乡，除了栀子花之外还有一种山栀子花，是自然生长的植物，比种养的栀子花要小，花瓣也少了许多，但是同样地具有清新的芳香。那时候，种养栀子花的人家并不多，因此那些人家就将栀子花作为商品用来出售，五分钱一朵和一根麻花一个价钱，爱美的姑娘们也常常买下来戴在发辫上，远远地就能闻见栀子花的香味。而山栀子花虽则少却了一些美丽却也深受大家喜爱。每到放学或者周末的时候，我们就去山上大把大把地采山栀子花，回来养在花瓶中，早上的时候兴致一来也有模有样地采上两朵戴在发辫上，似乎自己亦如栀子花的美丽了。

一方水土养一方人，在外面待得久了总是会想起故乡的山水，想起故乡清晨的炊烟袅袅升起的模样，想起山泉叮叮咚咚的音乐声，想起故乡格外美丽的春天。

故乡的味道

　　离开家乡很多年之后，我似乎越来越不能适应那里的气候了，常在温室里的我已经逐渐不能适应别样的寒冷。故乡的夜晚很冷，每一次进被窝是一种折磨，而每一次出被窝也是痛苦的过程。正因为此，每次回家心里都打鼓，但这种害怕心理始终没有战胜想要与亲人团聚的迫切心情，也始终抵不过父母期盼儿女回家的期望，于是，提起行李，飞奔回家。自从有了飞机，再远的路程也被缩短了，早上还在北京的家里吃早饭，晚上已经吃着妈妈做的菜了，这样短的时间更是让人放松了因为旅途太远而紧张的心情。

　　喜欢故乡过年热闹的气氛，那样的味道让我很是着迷。亲朋好友齐聚一堂的欢洽，相互串门拜年的兴奋，一起吃吃喝喝聊聊天的气氛，都让我感受到了年的味道。此外，鞭炮声震耳欲聋，打牌声阵阵传来，说笑声此起彼伏，这一些对我来说，都是独属于家乡的味道，是用心灵去感觉的内容，也只有春节期间才能在故乡感觉到这样的味道。

　　自然，故乡的美食味道不可或缺地成了我回家时的味觉盛宴。我喜欢家乡年糕的味道，黏黏的，软软的，和在米粥里，连粥都粘得更为香浓；我喜欢家乡芝麻馅汤圆的味道，甜甜的，香香的，满嘴都是家乡芝麻的香味；我喜欢家乡小麦粿的味道，脆脆的，爽爽的，一口气吃好几个对我来说轻而易举；我喜欢家乡黄酒的味道，醇醇的、浓浓的酒味，一碗下去面色便已十分红润；我喜欢家乡羊肉糕的味道，少了些羊肉的腥膻多了些肉冻的香味；我喜欢家乡冬笋干的味道，就着家乡独特的松软的馒头，我总是百吃不厌；少时养成的口味，尽管经过了这么多年，但还是喜欢家乡的口感家乡的味道。

乡音，是另外的一种味道，尽管并不是只在故乡的时候才能听到乡音，但只有在故乡的时候那种乡音的感觉才是亲切和温暖的。在外多年，总觉得自己的乡音也变了味道，有时候说着说着就会蹦出来普通话，而在北京，即使和老乡见面，也已经用普通话替代了家乡话。似乎只有亲身回到老家的时候，乡音的味道才是纯正的，也似乎只有在那个场合，我才能用家乡的语言侃侃而谈。那种味道，不是靠味觉来品尝，也不是靠嗅觉来感觉，而是用思维、用心灵在感觉。

故乡的味道，是特别的味道，是沉淀在心灵深处的味道。不管走了多远，不管离开了多久，故乡的味道依然香甜而温暖。

家乡的年味特别浓

　　大凡有这个选择，我必是十分乐意在春节的时候回老家的，因为似乎只有在那里我才能感受到浓厚的年味。舌头上的年味，带着浓郁的醇香；指尖上的年味，带着浓厚的情谊；空气里的年味，带着属于过年的氛围，让人百般回味。

　　大概是因为远嫁的缘故，每逢过年回家都能享受到贵宾般的待遇，亲朋好友的热情自不必说，就算在父母家也同样是不识愁滋味全权父母代劳了。当然，这其实不能算是值得骄傲的事，毕竟两耳不闻窗外事的求学年代早已过去了很多年，人情世故的往来也不能不说已经是过年的一大部分内容。不过这些我似乎学的还是不够好，待人接物的水平依然还停留在少时懵懂时代，不知道如何说和如何做是最好的，多年过去也不见得有什么长进。好在大家对我都还宽容，所以回老家过年对我来说是一件极其轻松极其惬意的事情。

　　每逢过年，祖上的坟必定是要去拜祭的。上坟，俨然已经是走亲戚过程中一件重要的事。点几束香，烧几包纸，再放几串鞭炮，不必刻意地说些什么，也不必假心假意地抹上几把眼泪。上坟的过程，本身就是对逝者的一种尊敬，一种怀念。一切都在心里，想念的、怀念的、记忆中的过去的时光。

老家的黄酒，喝上一碗也是会醉的，不过也是能让人兴奋一些的。所以，每到亲朋好友家，抑或是同学见面，都少不了黄酒的陪伴。对我这种并不嗜酒的人来说，黄酒只不过是拉近人与人之间距离的一种催化剂，当然喝酒伤身，如果最后到醉酒呕吐的份上，还是要适当注意的。脸颊绯红，话语增多，如果头脑还是清醒的，这种状态我觉得并不为过。大概过年走亲戚的时候，很容易就会达到这种状态，倒也显得亲近一些。

有时候，一天下来要走很多家亲戚，忙到也就喝上几口茶。即便如此，这种走亲戚的习俗也是相当值得称赞的。忙碌在外的人，一年到头也没几次回老家的机会，像我这样的更是有时一年也见不到一次。所以过年走亲戚就给了这样紧密联系的机会，这时候，菜品和食物其实已经不那么重要了，重要的是见上一面聊上几句。

小时候，每到过年就向往新衣服和红包，哪怕红包里只有两毛钱也十分的开心。现在长大了，轮到我给大家发红包了，这种传承并未影响我的心情。这种红包的习俗显然也是过年的一种方式，至少孩子们肯定是欢喜的，尽管各地的习俗不同，但只要有孩子拜年，红包还是必不可少地增添了过年的气氛。

现在的农村早已发生天翻地覆的变化，经济条件也早已不是我小时候的样子。如今的年，除了红红火火的鞭炮，丰富的菜肴倒已经不是重点了。家乡的年味特别浓，有走亲戚的礼节、有酒杯里的感情、有鞭炮里的红火。而在外过年，这些似乎都要淡一些，这到底是对家乡的一种怀念呢还是一种失落呢？

故乡的野菜

有一种春花可以吃，它生长在南方，黄色，不记得什么味道了，也不记得是怎么做菜的了，就记得那么一个摘黄色野花的情景，清晰而美好。那时候念初中，就读在杨村的墩头初中，为了方便上学，在姑妈家住宿。春天来临的时候，便去摘这些黄色的春花回来，然后姑妈进行加工处理做成一道菜。据一位文友说，这种可以吃的黄色春花叫作"猪麦花"，又有另外一位文友称之为"金雀花"，我是一丁点儿也不记得名字了。说实话，我也忘记了这道菜是否美味，只是一直还记得故乡有这样一种花，和北方的槐花一样，也是可以做菜的。

有一种野草可以当菜吃，春天的时候漫山遍野都是，我们的家乡话叫lisi（li四声，si轻声），学名应该叫野葱。很小的时候就喜欢一大把一大把地揪回来，炒着吃味道特别香。据说这个菜对眼睛视力有益，我一直到研究生毕业都没有戴眼镜，是不是可以归功于小时候喜欢吃野葱的原因呢？答案不得而知，只是工作以后却还是戴上了眼镜，也成了知识分子的典型了。前些天还在微信里看到有亲戚秀野葱的照片，不由勾起了我童年的回忆。

当菜吃的还有马兰头，长在初春的时节，许多绿草还没有苏醒的时候，她已经在悄悄地冒出新芽。叶边有齿，长得不高，叶片也不茂密，四五片左右，很好认。拿上一把小剪刀，不多时就能剪上一小盆，清水洗净很是翠绿。拿开水一焯，再加点豆干，做凉拌菜吃很是清爽可口。也可以清炒，味素淡含清香，已经是饭馆常见的菜肴。

有一种地藓可以吃，岩石上一大片一大片地，尤其是雨后透亮透亮地，长得有点像海里的紫菜，味道却是截然不同。这种地藓，很多地方都有，叫法也各有不同。有叫地衣的，有叫岩菜的，现在大家听得比较多的应该是叫作地皮菜。地皮菜拣回家之后需要清洗很多遍，否则有细沙，会大大影响菜的味道。清洗干净的地皮菜，和农村的土鸡蛋一起炒，味道又上一层。这种野菜，现在菜馆里都能吃到，菜名叫"地皮菜炒鸡蛋"，但不知道为什么总觉得不是小时候的味道，大概是心理因素作怪吧。

有一种蘑菇，长在山林里，只记得炖成菜味道十分鲜美。小时候，一个人拿着菜篮子到山里去采蘑菇是经常的事，从来不会觉得不安全什么的。下过雨之后的山林里，空气特别的清新，树底下的蘑菇争先恐后地冒出脑袋来，撑着一把把橘黄色的小伞，很快，这些小伞们就成了我的战利品，有时候还和小伙伴们比赛谁采的多，那样的经历在小时候是多么开心的一件事啊。不知道现在的孩子们，还会不会去山里采蘑菇了，时代不一样了人生体验也是会随之变化的。听我同学说，现在山里的蘑菇还是同样的美味，只是哪怕现在再去山林里，我也不认识哪一种蘑菇能吃哪一种蘑菇不能吃了，时光的变迁，改变的何止是容颜呢！

有一种桃子，个头不大，长在山上，叫作野桃。成熟的时候从桃核往外都是红色的，很甜。野桃的成熟期，要比栽种的桃子晚一些，野桃上的绒毛也要比栽种的桃子多一些，所以必须得洗得很仔细。还记得有一次夏天正是农忙的时候，父亲摘了好多的野桃回来，我们姐妹几个争着抢着吃。那时候正常栽种的桃子早就没有了，所以更是觉得沁甜无比吧。

　　有一种笋，叫春笋，和竹笋相比春笋细而长，在较矮的小竹子灌木丛里生长。山里的孩子大都去拔过，我也不例外，有时候拔太多了吃不过来就晒成笋干，和红烧肉一起炖，味道依然十分爽口。还记得上初中的时候，有同学家做了满满的一大罐酸菜春笋，拌着米饭吃，那味道真的让人流口水，当时很是让我们这些住校的同学眼红，后来还专门跑去她家里蹭过一次饭。每次回老家的时候，也都会带一些笋干回京，但是笋干的味道终究比新鲜的春笋味道还是差了一些。

　　所有这些野菜或者野果，都已经是我20多年前吃过的味道了。不过隔了这么久，我还是清楚地记着，大概是因为故乡一直在我的心里。仔细想来，故乡的味道总是很特别，因为距离的遥远，也因为记忆的久远，这种特别的味道已经渗入血液，主导着经久不忘的味觉。除了这些野生野长的野菜和水果外，还有一些特属于家乡的食物也让人回味无穷。小麦饼，让我一想起来就流口水；糯米皮菜馅的咸汤圆，一口气恨不得吃掉一大碗；余香不绝的灰汤粽，几乎年年念念不忘；每到年关的炒米和年糕，同样是我的最爱。故乡的味道，常常缠绕在我的梦里，回味在我的心里，让我恨不得穿越千山万岭飞奔而去。

　　并不是在饭馆里吃不到，只是，总觉得不如原来的味道。原来，有一种调料，叫作故乡，深藏在游子的味觉里，长埋在游子的心灵里。失去了这样的调料，嚼在嘴里，一样的香味，却难以引起味觉同样的兴奋，是思乡的情绪作祟也好，是童年记忆作怪也罢，终归是少却了那样一种说不清道不明的滋味。那种滋味，或许就叫作挥不去的乡愁。

馨香一瓣在心中

1. 栀子花

村子里有一户人家种了一棵栀子树，足有一人半那么高，树枝撑开，长满了他们家的庭院。每到花开的季节，满树的栀子花，朵朵娇媚、香气四溢，令人羡慕得不得了。

种养的栀子花，大且厚，花瓣有大拇指那么大，层层叠叠好几层，放在手心几乎抓不住。最适宜的是剪花的时候带上枝叶，插在花瓶里，每天勤快地换换水，这花香便能保持一星期之久。爱美的女孩子们，更喜欢让母亲扎两根小辫子，再把买来的栀子花卡在辫子上，一边一朵，头顶着白色的浪花一般，既芳香又美丽。

那时候的栀子花，五分钱一朵，和村子里卖的一根麻花一个价钱。贪吃的孩子们，通常把自己的零花钱用来买麻花等零食；爱美的女孩子们，则会在栀子花开的季节里，把自己的零花钱全拿出来买花。有时候，左看右顾，总不见卖花人来吆喝叫卖，便自己早早地到人家家里守着，有的花瓣上还含着露珠，便被早早地剪了下来，就为了能早一点闻到那浓烈却不刺鼻的花香。

当然，也不是每日都这般地奢侈，虽说家里有了栀子花的香味，会带来满满的喜悦。但那时候家境并不太好，经常买栀子花有点太奢侈。也就在过节的时候，或者去亲戚家做客的时候，才会美滋滋地把花朵戴在头上，然后用那孩子们高兴时最爱的走路方式一蹦三跳地去找小伙伴们炫耀。

剪下来的栀子花保持馨香的时间并不长久，三天左右，花瓣便开始呈现黄色，香味也变了味道，虽不舍但最后还是一样要被遗弃。花的命运，最终都是如此吧，短暂的生命周期，只是为了那一季的芬芳。

2. 兰花

春风绿了江南，美丽的兰城飘散着兰花的幽香，别上一朵含苞待放的兰花儿，挂在胸前，于是，整个身心都散发着幽幽的兰香，少女的脸上涌现了如春日骄阳般明媚的笑容。每当到了这个季节，街上便有人提着小篮子，里面装着一朵朵用丝线串好的兰花，一边走着一边吆喝着：卖兰花喽。每当听到这悠长的声音，读书的心也被拢了去，三五少女，纷纷围上前去，仔仔细细地挑上一朵，小心翼翼地挂在胸前。从裤兜里掏出一毛钱给卖家，然后就戴着这含着幽香的兰花儿，小碎步地跑进春日的暖阳中。小小的兰花，带着百合一样的奶白色，花瓣未完全展开，随着风散发着清浅的幽香，仿似少女心中美好的梦，在胸前晃悠着。

那时候，一毛钱用作买兰花是一件多么奢侈的事啊，一个酥饼都比一朵兰花要来得便宜。这种小资生活，一般人是不会经常过的，尤其像我们这种农村到城里上学的孩子。本来日子就过得紧巴巴的，再从生活费里挤出这一毛钱，买这又不能吃又不能用的兰花儿，实在太奢侈。所以，在我的记忆里，我就买过一次兰花。平常一直戴着，上课、下课、自习都随身戴着，只睡前把绳子解下来挂在床前，连着夜晚的芳香入梦。兰花的香气保持的比较长久，接近一个星期，花瓣才变得枯萎，香气也才散去。也只在这时候，才万分舍不得地把兰花扔掉。

因为舍不得花钱买，所以这一次的记忆，足可见其珍贵。

含着栀子花香的童年、眠着兰花香的少年，早已一去不复返。唯有那馨香一瓣在心中，似乎依然那么柔软，这馨香伴随着岁月的流逝、这芬芳伴随着年华的成长，仿若记忆的底片在心底留存，永远！

不曾衣锦，依旧还乡

衣锦还乡，多么美好的词，出自《旧唐书·姜暮传》，"衣锦还乡，古人所尚。今以本州相授，用答元功"，词意指富贵以后回到故乡，含有向乡邻炫耀的意思。古时，常有因科考而一举成名从而衣锦还乡的；现时，有大学深造的学子或有成功的商人荣归故里。古有敲锣打鼓，骑马乘轿，浩浩荡荡地衣锦还乡；现有鞭炮冲天，豪车开道，气势逼人地荣归故里。似乎无论哪个年代，衣锦还乡都伴随着炫耀的光环。

就在不久之前，有同学聊天中提起某某同学衣锦还乡。开着上百万的豪华车、穿着上万的西装革履、戴着玉澄澄的扳指金灿灿的项链，然后一掷千金邀约同学们聚会，大有大老板的派头在里面。前往聚会的同学里面，或许还有曾经追求的对象，或许还有曾经看不起自己的人，上万的美酒佳肴大概就是为了刺激当初那几个没有眼色的家伙。这样的心理落差，对于那些虚荣心强盛的人来说，衣锦还乡便有了足够的理由。

可是这样的出人头地终究没几人，我们不曾衣锦何以还乡？我们有着拳拳赤子之心，我们爱着故乡的土地，我们念着年迈却不愿意离开家乡的父母，故而，不曾衣锦依旧还乡。我们没有成功人士头顶的光环，但是我们还有一颗淳朴的心；我们没有一掷千金的豪爽，但是我们有问候乡邻的勇气；我们没有上百万的豪华车开道，日行千里的高铁或者几万的小轿车照样能把我们送到家。假如金钱上的富有是成功的标志，那么也许我们并不成功。但是，人们对物质的欲望从无止境，知足常乐的心态同样会让我们找到成功的感觉。就算不能荣归故里，怀着平常心回归故里，又何尝不可呢？

不曾衣锦，依旧还乡，是人生的一种态度。对故土的热爱，对高堂的孝心，对亲友的怀念，这一些都是我们依旧还乡的理由。短暂的人生，最值得怀念的还是故乡，因为那里承载了童年和少年乃至青年的记忆；不算漫长的人生，最值得爱和尊敬的还是父母，因为是他们含辛茹苦无条件付出地把我们抚养成人；那里还有一些亲朋好友，同样需要经常回去探望他们，因为那些帮助那些鼓励那些关怀都是人生的一笔财富。

美好的家乡记忆，对身在外地的游子来说是永远的。常回家看看，爬爬儿时爬过的山，走走儿时走过的路，看看儿时年轻现已年迈的父母。不曾衣锦，请依旧还乡，这便是我想要说的。

喜庆元宵江南梦

我已然忘记，时光早就抛却了流年，关于元宵节的记忆竟然如此之淡，那些与家人团聚、观看龙灯飞舞的场景都被埋没在岁月里了吗？那些陪着父母放鞭炮、祭拜祖先、满桌子美酒佳肴的情景都消失在流逝的年华里了吗？是啊！似乎再也找不到那般的隆重和喜庆。在都市生活的快节奏里，如今的元宵佳节不过是一个再也普通不过的日子，白天仍然需要在办公室里写文档，依然在会议室里讨论不休，下了班依然会在熙熙攘攘的人群中穿梭。忙碌的都市，元宵的团圆已然成了梦中的情景。

我所有关于元宵节的记忆是和水墨江南分不开的，虽则自 18 岁上大学起，在北方已经生活了 20 多年，但似乎从没有北方元宵的记忆。故乡的元宵节，隆重程度绝不亚于除夕之夜。傍晚三四点之后，爆竹声便开始此起彼伏起来，父亲和母亲会做上极其丰盛的晚餐，鸡鸭鱼肉必定是要摆上桌的，馒头、粽子、汤圆、年糕四种主食也缺一不可。先在小碗里各舀一点用来祭拜灶神爷，点几根香、烧几张黄纸、洒上一杯酒、鞠三个躬，祭拜才算是完成了。除夕夜，也是这般的流程，至于为什么，并不好研究的我从没深究过，大概是祈祷新年好收成之类美好的愿望吧。很奇怪的是，并不是每个村庄都是这般隆重庆祝元宵节的，例如和我们村只有不到 5 里路外的唐店村，他们村庄就没有庆祝元宵节的习俗，也不知道这习俗是如何传下来的了。

　　其实我从不曾体验过元宵猜灯谜的乐趣，那些小说里俊男靓女在元宵节出门猜灯谜放花灯的场景，也只停留在阅读小说所带来的美感，亲身体味是没有的。不过在农村，舞龙灯已经是非常隆重的庆祝了。水波潋滟，火光点点，爆竹声声……记忆中最深的是去小姨家看舞龙灯，一群人挥舞着很长的一条龙灯沿着池塘前进。所谓池塘，是比湖要小很多的一池水，是过去的农村用来洗衣洗菜的地方，所以这样的池塘并不大。不大的池塘、热闹的人群、片片烛光里一条元宵龙灯蜿蜒在水面之上，随着鞭炮声起伏前进。那时候，没有照相机，更没有手机，所有的都只印在脑海里了。

　　也有一些村庄会请了戏班子来闹元宵，一请就是三个白天四个晚上。亲朋好友们都请了来看戏，宴席跟流水线一样，今天来这家亲戚明天来那家亲戚，亲戚来往的时间和戏班子的时间也是一致的。台上表演得很卖力，台下看得很认真。不过能一坐一下午或一晚上的，大凡是中年人或老年人，像小孩子们左右也听不懂台上演的是什么，无非就是凑个热闹，可以拿着红包里的钱在小商贩那里买点小玩具或小零食，便喜滋滋的了。请戏班子来庆贺，倒也不是元宵节的专属项目，逢年过节的也是常有的事，直到现在也还是一直存在着。

　　记忆里的春节，只有过了元宵节才算是正式过完了，热闹的氛围又逐渐开始清冷，日子也开始按部就班地进行，该上学的上学、该耕种的耕种、该出门打工的出门打工，新年的喜庆也开始淡出人们的视线远离人们的生活。新年，算是过完了，新衣服收拾起来，出门的行李打起包，又开始了一年的农耕学读生活。

　　多年以后，元宵节的氛围在大都市里已经愈发地淡了，只有那些儿时的记忆仍在脑海里挥之不去。那些蜿蜒而行的龙灯，那夜色下的水光潋滟，那看龙灯迎龙灯欢笑的人群，都如旧时的影片回放在回望故乡的目光里。

故乡的桥

有水的江南必定有桥，不一定姿态优美，不一定古朴典雅，但一定有那么一座座桥横亘在江南的心脏，搭起了一条条水乡的道路。

记忆里的故乡，除了通州桥还能算上名胜古迹以外，其余都是名不见经传的小人物，只是默默无闻地承受着农人的忙碌、学子的远行、游客的匆忙。因是水乡，小溪流淌过千家万户，桥也是千座万座数不清。有些桥面开阔，气势颇为宏大，如兰溪城里的兰江大桥；有些只是三根圆木组成，走起来得万分的小心，如山野里的小桥；有些桥面铺了水泥，浇了沥青，车开在上面可以飞驰而过；有些桥面爬满了常青藤蔓，走起来如同踩在春天里。各种各样的桥，不尽相同的风格，在故乡的桥中扮演着同样的角色——路的使者。正因为有了桥，蜿蜒而过的溪流有了色彩；正因为有了桥，肩挑重担的农人可以轻易地少走一些弯路；正因为有了桥，故乡的记忆也丰富多彩起来。

在故乡之桥中，最有名的莫过于通州桥了。小学春游的时候去过，也和中学同学一起游玩过，也曾多次穿过通州桥到塔山村的好友家。这座因现代著名作家曹聚仁和原配夫人王春翠的爱情而被许多人称为爱情之桥的通州桥，因古朴的面貌、斑驳的历史痕迹、宽阔的青石桥面成了现在梅江著名景观之一。纵观宣传片，通州桥的照片总会显现一二，它因多情的人文、悠久的历史、美丽的景致获得了游人的赞誉，成了许多文人墨客笔下的作品，或一篇游记，或一幅画作，记载了通州桥的声誉，书写了通州桥的传奇。我每次去通州桥，似乎总是匆忙，从未曾仔细观察过桥面结构，也从未仔细研读过历史痕迹，所以对通州桥的印象总是浅淡。一座桥，对我来说，架起了友谊的桥梁。春游时同学们的嬉闹，带高中同学参观时手牵手踏过每一级台阶的温暖，去塔山脚下朋友家时送别时的淡淡哀愁。清浅的溪水里留下了我们友情的见证，古朴的桥梁下记录了我们友谊的故事。一别数年，故乡的桥从此深印在我脑海。

如今，故乡的桥成了故乡的剪影，一头连着遥远的故乡，一头连着在外奔波的游子。纵然不曾有泪千行湿衣襟，也别有惆怅在心头。青石板上奔跑的欢笑声，水泥板上追逐的嬉闹声，青砖块上轻语呢喃声，都仿佛在岁月的低吟浅唱中升华。一座座故乡的桥，搭起温暖的友情，牵着厚重的亲情，编织着懵懂的爱情，在人生道路上留下重要的一笔。我多么希望，有那么一座桥，一脚踏过去就是童年，一步走过去就是青春，一路踏过去就是故乡。把我的时光留在那里，变成永恒。这一如天方夜谭的美梦，又怎能实现呢？唯有这文字，书写心中难以磨灭的记忆，记录这梦呓般的语言。

第二辑　亲情有约

人生最可贵的是浓烈的亲情。父亲、母亲、孩子……

他们都是生命中最美好的存在。

每逢佳节的记忆，情真意切的家书，

看着孩子慢慢远离你的视线，

真心在亲情之中沉淀。

父亲和土地

到底是父亲更眷恋土地一些，还是土地更依恋父亲一些，我总也想不出来答案。这个问题，也只有当事人父亲和土地或许可以给我一个答案，但是父亲面对这个问题只是微笑，土地面对这个问题只有沉默，最后我还是无从了解这个答案。

还没有考上大学的时候，爷爷奶奶还健在，家里有七八亩田，多少亩地我并不清楚。田可以灌水，用作种水稻之用。而地，则大部分处在山坡或山岗位置，不容易引水，用来种植一些抗干旱的植物，比如棉花，高粱等。小时候，农忙的时候跟着父母亲干活，常常听他们提起这块田是一亩多少分那块田是多少分，也就自然记在了心上。而地，几乎都是父亲一个人经营的。也只有在收获的季节里我们偶尔地提个篮子去摘棉花或者摘绿豆，这是轻活，一般我们姐妹三人去就行，因此父亲并不在身边。地有多大，也就没有人告诉我们了。

父亲的起早摸黑，就和我们每天要穿衣吃饭睡觉一样，早已经成为一件极其普通的事情。不过，无论是纵观还是横观田野，和父亲一样常常坐在田埂吃饭的却是少之又少。为了节省时间，父亲的中午饭是经常在田边吃的，送饭的任务就交给了我。每次我见父亲都吃得特别香，总是不明其理。父亲告诉我说土地也散发香味哩，无形中也是一道菜，所以吃起来就特别香。为此，我有一次让母亲多盛了米饭和菜，然后和父亲一块坐在田边的草地上吃。可是，我却怎么也尝不出来土地的味道，总是觉得不如在家吃的香。大概，土地对我并没有多少感情，也就不给我多添一道菜了。

每到夏季，好几天不下雨是经常的事，水田就像垂死的老头毫无生机，引水大战也就爆发了。从水库到我家的水田大概有三里光景的路，一路下来数不清有多少亩水田。通常白天引水，等到了我家水田水流早就不知道被多少人家半路截断了。因此，白天很难引水入田。父亲心疼土地，着急啊，于是晚上父亲一吃完饭就出门引水，一个晚上从水库到水田来来回回地走，半路截断的地方一个一个地堵。不过，善良的父亲通常不会全部堵死，而是给他们剩下很小的一个口子，干旱季节，哪家的水田不缺水啊！等到了早上，经了一夜滋润的水田重现了勃勃生机，而父亲早已疲惫不堪了。

父亲很爱惜土地。记得，我们家的一块水田由于干旱缺水，就一道道裂了口子。其实用抽水机将水引入水田之后，将就一下还是可以种第二季水稻的。可是，父亲不将就，等水引入田，他就开始拿锄头一下下地翻地，一亩多的田就被父亲这么一锄一锄地挽救回来，种下去的秧苗长的比谁家的都嫩，秋天的丰收也就可想而知了。

高三毕业那年，我和哥哥同时考上了大学，也就在那年，爷爷奶奶相继去世。经济上的困难促使父亲也走上了打工的道路，不过还不到一个月，父亲就回来了，他舍不得家里的田地荒废掉啊！此外，他还租了别人家不种的田，又开始了他和土地的对话。这种对话，我们是无法理解的，因为我们从来没有过正午在太阳下和土地一起用餐和黑夜里引水入田哺乳土地的经历。

如今，我和哥哥都参加了工作，父母亲再也不必为经济而操心了。可父亲总是闲不下来，国庆回家听说他又租了好几亩田。寻找了很多理由劝说父亲，父亲只是嘿嘿地笑。

"那几块水田挺不错的，种地舒心。"

父亲出门去水田的时候回头对我说，他的笑容很厚实，就和土地的肥沃一模一样。

端午寄情

街头散发着棕叶的清香，又是再度端午节。

哥哥拉着我出门割端午节挂在门前的艾草时，妈妈正坐在凳子上包粽子，诱人的棕叶香飘得悠远。奶奶坐在灶下的矮凳上，深陷的眼眶隐含着笑意，一双枯瘦如柴的手交叠在腿上，早已不能自由伸屈的十指已经不能帮妈妈包粽子了。妈妈忙碌着，奶奶则等着烧火，两个女人都在为自己的亲人默默地做着分内的事。

艾草，在我们那的家乡话里并不是这两个字，所以我很长时间都不知道这种植物的学名。记得很早以前高中语文老师说我们家乡的方言还遗留着许多文言字，一个典型的例子是我们说吃这个字，偏偏说成食。每到端午节，每家每户的门上和灶上都插着这种散发着异香的植物，随处可见节日的氛围。

很小，我就特别偏爱糯米食物。平时忙于和爸爸耕作于农田的妈妈很少给我包粽子吃，所以每到端午节蹦蹦跳跳的我就捺不住孩子气的喜悦，要妈妈包很多很多的粽子。

粽子一般都是在晚上煮好，但是在锅里一直放到早上，使得粽子能够完全熟透，在粽子的上面还煮了很多的鸡蛋鸭蛋。清晨起来第一件事就是打开锅盖，让粽子的清香在整个空间散开。我和哥哥都要吃完粽子又在书包里放两个鸡蛋，才依依不舍地去学校上学。

中午的那顿饭，妈妈会炒好几个菜，有竹笋，豆腐，肉和蚕豆。这也形成一种风俗习惯了。竹笋是长个子的，希望小孩子们个子都长得高高的。豆腐是白的，希望小孩子们皮肤长的白。肉是肉色透明状的，希望孩子们眼睛亮。蚕豆（家乡话里叫佛豆）有些佛的形状，希望孩子们未来幸福美满。妈妈还会买上一些硫黄，还有带着香气的一种粉。用纸包着香粉扎在女孩的头发上，哥哥是没有这个的，因此我常常骄傲地在哥哥面前晃来晃去，仿佛整个世界的阳光都是我一个人的。

那该是很久很久以前的事了。

上了中学以后，便不再有机会回家过端午。每到大街小巷叫卖着粽子的时候，爸爸提着一堆的粽子和鸡蛋鸭蛋来学校了。也能看到同学们的家长带着自家的粽子来，大家到中午的时候就吃开了，你吃我的，我吃她的，她吃别人的，大家就是这样分散开来。

我家有一种特制的粽子，叫作灰汤粽，带着稻秆的清香。妈妈将洗干净了第一季的稻秆拿出来在外头烧成灰，用水沉淀掉脏物，留下的水液用来泡糯米，经过这些过程的糯米包起来的粽子就有些异样清凉的香味。妈妈和我都是特别爱吃的，可是带到学校，同学们却大都不喜欢吃，大概是不习惯这种味道吧。

那也是有些久的记忆了。

上大学以后，大一和大二的端午节是怎么过来的已经忘记了，估计顶多也就在学校的食堂买个粽子吧。大三的时候，学校外面的街上有一个一峰粽子店，那里的粽子做得很好，尤其是在这里能找到肉粽子。记得那时候，我买了好多肉粽子回来给好朋友们吃，强烈推荐给他们。到了大四，一峰粽子店不知道怎么不见了，好朋友为了让我吃到肉粽子和她男朋友两人逛了很多地方，终于在太白商场买回来速冻肉粽子，使我一边吃着粽子的时候一边想着好朋友的好。

那也是不算近的记忆了。

工作以后，每到端午节大都是超市买几个粽子了事，一点过节的氛围都没有。前几年，也曾笨手笨脚地自己包过粽子，却怎么也包不出家乡的样子，更别提家乡的味道了。有一年，老乡从老家给我带来了一些，那满满的熟悉的味道啊，真真是让我的心直接飞回去了。

常常感叹时光飞转，光阴流逝。如今又是一年端午节，那些在忙碌的日子里已经被遗忘的记忆，便随着满口的糯米香味逐渐清晰起来。亲情的可贵，友情的真挚，随着记忆的展开刻上了永恒的烙印。

还不完的亲情债

"我慢慢地、慢慢地了解到，所谓父母子女一场，只不过意味着，你和他的缘分就是今生今世不断地在目送他的背影渐行渐远。你站在小路的这一端，看着他逐渐消失在小路转弯的地方，而且，他用背影默默告诉你：不必追。"

——龙应台《目送》

从小，他就和父亲格格不入，吵得最凶的一次，是他把成绩单上的分数改了，父亲发现后一鞭子就抽了过来，而他跑出了家门，直到夜晚母亲把他找回家去。在他的印象中，他在吵架中说得最多的是那两句，"我长大了把抚养费都还给您""您也别太得意，等您老了，还需要我伺候您呢！"。那时候他以为只要自己长大了，父亲老了，这个世界就是他做主的了，当然前提是他要把欠给父母亲的债还完，生活费、学习费、养育费，小小的他就做了将来还钱的打算，无非是为了挣脱父母的怀抱。

工作以后，他真的开始往家里寄钱，每汇一笔款都要做记录，似乎真地要把这20多年的抚养费还给父母，这一寄就是三年，直到他谈恋爱然后结婚然后买房。买房的时候父亲给他汇了一笔款，比他这三年寄给家里的还要多，父亲说其中有银行的利息还有他们省吃俭用攒下来的，这一笔钱恰好解了他的燃眉之急，加上夫妻俩的存款正好凑够了房子的首付款。背负了每个月的还贷之后，工薪阶层的他再也没有多余的精力继续给家里汇款，于是每月往家里寄钱的习惯终止了，他没有解释原因，父母也不曾追究原因。

没有多久，妻子怀孕，期间孕吐反应十分严重，一个电话乡下的父母就赶了过来照顾儿媳妇，这一照顾就是多年。从孩子出生、幼儿园、小学，十多年来，父母亲一直和他们住在一起，给孩子洗衣服、做饭、陪孩子玩耍、打扫房子卫生，尽其所能地为他减轻负担。原来格格不入的情形不再存在，而在照顾孩子的过程中，初为人父的他也终于体会到了父亲的点点滴滴，在孩子和他怒目而视的时候，在孩子出言不逊顶撞他的时候，他想起当年他自己也曾那样伤害过父母。

25岁研究生毕业的时候，父亲和母亲50岁；28岁他结婚的时候，父亲和母亲53岁；30岁他有孩子的时候，父亲和母亲55岁；孩子长大到15岁的时候，他45岁，父亲和母亲70岁。在这之前，从来都是父母亲伺候他，在这之后，他还没有来得及伺候他们，岁月却终止了父亲和母亲的生命，先后只差了半年。而病床上唯一能让他伺候的时间，加起来却不足一年。那一刻，他痛哭流涕，45年的照顾已经融入了他的生命，一年的伺候虽尽职尽责却换不回他内心深深的愧疚。如果回到孩提时代，一定不再用言语和行动伤害父母，可是这个世界从来就只有现实，而没有如果。

人生这一辈子，如果有什么债永远也还不完，那就是父母的亲情债。

无非都是爱

　　他和她，自从有了爱情结晶——儿子以后，和任何普通的三口之家一样，他抱怨她把所有的时间都给了儿子，她抱怨他只管工作不管家庭，不过，抱怨归抱怨，日子还是要继续的，没有什么大的矛盾，日子过得平平淡淡。

　　直到她被检查出乳腺癌，直到医院下了立刻住院的通知书，平静的日子被打破了。他被家里的小事杂事缠绕得心烦意乱，面对儿子不断冒出的问题，他的耐心几乎消磨殆尽，方便面成了他和儿子的家常便饭，到处乱扔的衣服、袜子成了房间里最常见的风景。这一刻他无比想念有她照顾、家里干净整洁的日子，想念她在厨房里忙碌的影子，想念她陪儿子一起做作业的背影。而医院里，她则泪流满面，她想念和儿子一起在玩具堆里的欢笑，想念儿子睡着以后等待他加班回家的期待，想念周末三口之家在公园里的温馨。

　　卧病在床中的日子，岁月仿佛换了颜色。

　　她在医院里接受一遍遍的检查，然后一遍遍的开始化疗，痛吗？答案是肯定的，但作为母亲的她异常地坚强，为了能陪伴儿子一起成长，为了能和他牵手未来的岁月，再疼再痛的日子她都能挺过来。他也很快接受了现实，在亲朋好友中奔走，四处筹措她昂贵的医疗费，每天下班后早早回家照顾儿子，陪儿子完成作业，给儿子洗换下来的衣服，完全一副标准奶爸的样子。就连7岁的儿子也似乎一下子懂事了，他不再要求爸爸妈妈买礼物，不再对着商店里琳琅满目的商品垂涎欲滴，放学回来自己主动完成作业，每天睡觉前都要给在医院的妈妈打电话道晚安然后睡觉。

36岁的生日，正好是她接受化疗的日子，身体异常虚弱的她只能在病床上度过一年一度的生日，他和儿子给她买了蛋糕，蛋糕上画着三口之家，大手牵着小手的样子温馨得让人忍不住落泪。他和儿子都给她买了礼物，一个是苹果公司的Ipad，用以打发她在病床上的无聊时光，一个是用自己的零花钱买的四个苹果，用来给妈妈增加营养。无论是苹果的Ipad还是四个苹果，无论礼物的贵与贱，他们所表达的无非都是对她的爱，她的心里一下子变得异常的温暖，这些温暖，在以前那些平淡的日子里似乎都已经被忘却了。她埋怨他花钱太多，他挠挠头笑，"二手的，不贵"，眼泪一下子就蹦出了她的眼眶。

因为有爱，再困难的日子也能并肩走过。尽管因病欠下了巨额的债务，她依然很庆幸自己拥有一个爱的家庭，庆幸大小两个男人在她最痛的日子里，陪伴她一起走过，只要有了爱的依靠，不管以后的岁月再怎么艰难，也都有了幸福的基石。

家书依然抵万金

上大学的时候思乡心切，经常给家里写信，写满了大学生活的点滴。灯下，父亲摊开我的书信，很认真地轻声念出来，母亲便会放下手中的针线活，听父亲用方言解释一遍。母亲从小就没有念过书，是个标准的文盲。父亲也就读到小学四年级，再加上年龄大了，大部分也忘得差不多了。所以每次给家里写信，我总是用最简单朴实的文字来表达，只为了父亲能看懂。父亲的回信通常很短，错别字也很多，信纸也从不固定，总是随便从哪个角落撕下一张空白纸便给我写回信。一眼看到歪歪扭扭的字体就知道是父亲的来信。信纸或信封有时还能看见黄色的油渍。我家通常没有胶水也没有糨糊，封信封的时候母亲很小心地从熬出来的稀饭中挑几个糊状的米粒，又小心翼翼地封上信封，不少时候我还能看见米粒的痕迹。

习惯了经常一个人辗转于从家到西安这段两千公里的路途，对于我没有同伴单独坐火车父母总是放心不下。每次，从家返回学校的时候父母亲总是再三叮嘱我到学校以后要给家里及时写信，好让他们放下悬着的心。几乎在我离家三天以后父亲每天都会去一趟收信的小店，期待着女儿平安的消息。假期在家的时候，拉开抽屉便能看见整整齐齐的一摞书信，包括我的和哥哥的。父母把儿女的信收藏的很好，他们想要收藏的何止是儿女的笔迹啊，更多的是收藏了儿女们的青春痕迹和那份牵挂的心情。

大概是在学校待习惯了，给家里的信也越来越少。随着通讯的发达，农村也有很多人家里装了电话，因为伯父家也装上了电话，于是我给家里写的信就更加的少了。

上了研究生以后，生活一下子忙碌起来，我的日子被电话和电脑塞得满满的。研一暑假，等农忙结束以后就匆忙回到学校，那几天除了课题的忙碌也经常和网友天南地北地聊天，常常是早晨从宿舍出来直到晚上很晚才回宿舍。因为家里始终没有装上电话，因此我并没有及时给父母捎去我已经平安抵达的消息。大概在我在学校待了四五天之后，同学说家里有人给我打电话，问我是否已经回到了学校。听到这个消息的时候，我内心百感交集，很为自己的整天沉迷于网络的所谓忙碌而羞愧万分，于是赶紧提笔写了一封信，告诉牵挂着远方的女儿的父母我在学校平安而快乐。

想到父亲不会说普通话，要有多少勇气才敢拨打我的电话号码啊，我那善良老实的父亲，又是有着怎样的勇气说出能让他人听懂的蹩脚的普通话啊，而这都是女儿没能及时向你们报平安的过错，我已经无语哽咽。

再后来，由于习惯了电脑操作，干脆就用电脑打字来代替手写。父母从来没说什么。偶然的一次机会，看到报纸上有一则新闻，一对老夫妇收到女儿电脑打印的家书后很是生气，对女儿说如果再用这种冰冷的铅字写信就不是他们的女儿。看到这则新闻以后，我才开始深刻地理解父母亲的牵挂，那是那些冰冷的铅字所无法替代的。

和一个朋友聊起家书，他告诉我曾经给家里写过长达十三页的信，而今却也不再写了。好像做儿女的都是这样，在刚刚离开家的时候对家的思念很长很长，日子久了有了朋友生活充实了乡愁就渐渐地淡去了，而我们的父母依然带着牵系着儿女的心情每日每夜地盼望着。

风从故乡来，向往着家乡清晨袅袅升起的炊烟，有一封书信正从我的思念里启航，遥远的故乡我那勤劳善良的父母将把它收藏。

珍惜每一次相遇

父亲打电话来，半晌不说话，最后吐出一句：小叔去世了，今天下葬。我一时没反应过来，又追问一句：哪个小叔？父亲回：巍的爸爸。我似乎仍然还在梦中，便猝不及防地跌入这沉重的忧伤。父亲兄弟姐妹一共5人，最先离去的却是最小的叔叔。去年国庆，我带着儿子回家乡，临行前的夜晚，在金华和小叔一家一起吃饭，明明还是精神矍铄笑语连天。最遗憾的是，那一次竟然没有合影留念。现在才理解堂妹朋友圈写的感慨，"看见小的稍感安慰，想到老的有些心碎"，可我到底还是错过了这个细节。我竟不知，这大半年多的时间里，小叔病重如此，待我得到消息时，竟然已是永无再见之日。

不久前，大姨突然离世，也是那样令人猝不及防。表弟说起，已是心痛不已。上次见大姨，已经是两年前，那次带着儿子回家过年，母亲让我去大姨家拜年。近80的高龄，虽银丝遍布，但依然耳聪目明身体硬朗，田地里的活还自己干着，一人住在乡下，打理着家里家外。每到逢年过节，表姐表弟们就回家来一起过节，热热闹闹地。虽然年事已高，但因为大姨身体还算硬朗，从来没想过，也会有一天，突然就离开了大家。

还有那因车祸去世的小姑父，明明骑车去横溪市场买东西，却被一辆车撞上，猝然离世。电话中，小姑的悲伤如海水般淹没心灵，那一刻，我的眼泪也无声地落下。最后一次见面，印象已然不深，原本只是稀松平常的一次会面啊，谁会料想那竟然会是人生的最后一次呢！

世上道路跌跌撞撞，摔倒了还有爬起来的时刻，而死亡，却终究无法再继续一场人生的缘分。音容笑貌依旧在，却已只在梦中。离别的伤，痛在最亲的人心上，伤痕永久不去。放一颗心在尘世，便无法避免人生的喜怒哀乐，而这永别，便是一把锋利的刀，切断了生死之间所有的联络。

人生啊！总有一些离别，来的那样猝不及防，因为总有那些意外，在我们毫无准备的时候悄无声息地降临。我们痛哭，我们后悔，我们悲伤，可是我们无法避免那些防不胜防的离别，从此再无相见之日的心痛便像一根针一样扎在我们的心脏。但是，我们至少可以保证让那离别之前的最后一次记忆是美好的。

把每一次见面都填充上满满的记忆，让每一段记忆都满含人生浓郁的芬芳。

不吝啬时间，珍惜每一次相见；不吝啬给予，给他们拥抱的温暖；不吝啬语言，陪他们多说说话。因为谁也无法预料，这一次相见，是否会成为最后的永别。亲友之间因意见不合吵架的时候，别再和仇人似的恶语相向，不要让那些恶毒的语言混入我们的心灵。聚餐交谈的时候，把心放得更投入一些，放入我们真挚的情感，让我们的手握得更紧一些，让我们的笑声更轻快一些。告别的时候，让我们紧紧拥抱、暖暖地说再见。

与其在事后悔不当初，不如珍惜每一次相遇的缘分。为了让我们的人生少一些遗憾，请让每一次相遇，都化成美好的点滴，成为我们人生交集中的温暖记忆。

今生遇见，即是美好

清明时节，

忆，故人远去

泪千行

思念如影

生死之间

伤，孰能跨越

痛别离

温度已无法触及

挽歌难写

记，旧事惆怅

心哀伤

一抔黄土隔阴阳

　　最近发现自己愈发地冷情了，大概也正是因了如此，这么多年，从不曾写过清明的文章。今天，微信朋友圈里满是思念的文字，有对父亲的追忆、有对母亲的缅怀、有对婆婆的牵挂、有对同学的无言问候。在清明时节里，这些思念的文字刷了我的屏，伸长了触角刺激了我的神经，使我也从冷情的时光里脱离。离人泪千行，思念无尽头。阴阳相隔无从问，只愿天堂幸福长。随着年龄的增长，亲友的离世也成了必经的痛，痛过之后，生活还要继续，于是，清明这个特殊的节日就成了寄托哀思的时光。

有时候，那些猝不及防的离世真真让人无法接受。一场车祸，满身是血，从此再无生命的呼吸；一场疾病，呼吸停止，从此再无生命的呼唤。明明前几天还唠叨你不要饿肚子要早早睡觉，转眼那个人就不在了，叫人如何转换这令人如此难以接受的情景。可是，我们这些还活着的人，不得不接受这样的离别啊！如今，逝者的骨灰，静静地躺在那一片土地上，他们是多么宁静安详。只留下我们，还在深夜里，渴望着再一次与你梦见，渴盼着让生活继续在有你的身影中。

被清明思念刷屏的同时，也有朋友贴出了清明的来历。原来，清明是晋文公为纪念介子推而设置的节日，感恩于他在逃避迫害而流亡国外的途中，介子推割肉为自己做食。晋文公当上国君之后，重赏了跟他一起流亡的功臣，却独独忘记了介子推。介子推听说之后，没有去争功讨赏，而是带母亲到绵山隐居去了。晋文公听说后羞愧莫及，亲自上山去请介子推。因绵山树木茂盛山路崎岖，无从找起，便听从建议火烧绵山逼出介子推，却因此逼死了介子推。"割肉奉君尽丹心，但愿主公常清明。"为纪念介子推，晋文公下令，将这一天定为寒食节。第二年文公率众臣登山祭奠，发现老柳死而复活。便赐老柳为清明柳，并晓谕天下把寒食节的后一天定为清明节。可见，清明节的来历正是感恩，我们清明节上坟祭祀先祖，就是沿袭这种感恩的精神。感恩祖先的生命沿袭，才有了后代的繁衍生息；感恩父辈的教养之恩，才有了子女的健康成长；感恩亲友的友爱互助，才有了如今的幸福安宁。今生遇见，即是美好，感恩，即是思念的延伸。

"历经无数次的轮回，更新无数次的包装；在每一次生离死别的交替中，在每一次迎来送往的哭声里，埋葬着一世世的故事，吟唱着一生生的哀歌，生来死去，死去生来，只是在转化。清明，清什么，明什么。不清生死之相，何明生命真理。清明，清理无明！请为自己'扫墓'，时时清明，处处自在！"朋友小游的一段话，让我很是认同。旧墓新坟，扫的是逝者的墓地，清的是活者的明理。看不透生死，何以清明；猜不透生命真理，何以明清。哀歌不必续唱，情思暂且遥寄，让一颗感恩的心记着：今生遇见，即是美好。

今生遇见，即是美好。那些交织过的往事，留存在脑海，记忆从此永恒。不必思念到极致，那样生活会太辛苦。偶尔的思念，让我们在午夜梦回里还能寄托那份心情，让那些鲜活的记忆永久保存，这样就好。时隔多年，我依然还能清楚地记得，在我8岁时候，姨父对父母说"这孩子太瘦了，给她吃点好的。"时空辗转，我仍然能清晰地想到，舅妈做好了饭菜，微笑着喊"慧娟，吃饭啦"。今生遇见，即是美好，有些记忆永远不会忘怀。

我不愿去写有关死者的故事，那样的哀伤会让人难以承受，且让我只留在记忆深处吧。那些音容笑貌依然鲜活，那些温暖的话语依旧温暖，那些发生过的故事也不曾远离。一颗心，如若有爱，便可容纳江海，记忆便不会淡去。今生遇见，即是美好，感谢于今生的相遇，才有了记忆中的美好。从此，便是永恒！

相守平淡的日子

　　当娇艳的鲜花和炽热的情书成为一种过去时，爱情早就已经悄悄挪移了她的脚步。油盐酱醋代替了曾经一度博得美人心的玫瑰，洗刷织熨代替了曾经一度火辣辣的情书，日子处处显出缓慢而又千篇一律的生活节奏。一度令人脸红心跳情意绵绵的那些情话堵在了心窝出不了声，一度令人心神荡漾美不胜收的火热眼神成了呆滞的老人睁不开眼，平淡而又有条不紊的生活节奏时时提醒着：每一个相守的日子是如此的平淡。

　　平淡有如一枚橄榄，嚼的多了才能体会其中滋味。平淡的日子用心去体会，生活便不再是一杯无味的白开水，而是香醇无比的饮料。

　　由于上班地方较远，下班后回家总是已见他在厨房忙碌的身影，能有这样一个贴心的爱侣甘心为我做一个在厨房里准备晚餐的小男人，实在是我的幸运，更何况他能炒一手好菜。总喜欢在他做菜的时候也在厨房窝着，一边看着他熟练地翻动炒锅火苗随着翻滚跳跃一边准备盘碟碗筷，一边欣赏他井然有序的系列动作一边和他聊着一天的工作和上下班途中的所见所闻，小小的厨房因此充满了欢快的笑声和暖暖的温馨。

　　吃完晚饭收拾完以后，便会和他一起看电视，有时候也会因为想看的电视节目不同而怒目相向，最终总是有一方甘心服软首先作出了让步。有时候也去上网，坐在他旁边看着他拿着我的QQ账号聊得不亦乐乎，恍觉我们已经浑然一体心便也温热温热的。有时候也撇了他一个人去洗两个人的衣服，泛白的泡沫哗哗的流水洗刷着相守的日子，让我甘心在爱情围城里做一个平凡的家妇。

很少有朋友的电话打来干扰两个人的世界，也很少有约会安排在我们的日程内，除了周末，日子似乎每天都是如此过去，上班下班吃饭看电视上网，生活平淡如此，心情也如没有涟漪的水面平静如斯。他的每一个动作每一个表情都如电影剪辑熟悉的不能再熟悉，他那已经结了老茧的声音时常在耳边飘来荡去，就是这些动作表情声音构成了我坚强的堡垒，使我可以放心地把心放在家里。最幸福的不就是能在爱人身边，与他一起走过生活的点滴吗？

没有了玫瑰的点缀，也没有了情话的浪漫，可是有那么一个人在你身边让你的心可以如此平静，他会在你整理家务时拿着毛巾帮你擦汗，他会在你读书时递来一杯热腾腾的奶茶，他会每天骑着自行车把你送到车站，此刻，玫瑰和情话都只是可有可无的奢侈品，它们无法代替平淡的生活中那一种相守每一个日子的感觉。

幸福就是把心熨烫的平平整整和爱人相守平淡的日子。

不浪漫又何妨

很小就以为，爱情就是花前月下山盟海誓，有天地作证有日月可鉴。要么是在浩瀚星空下并肩依偎着数星星，要么是在浪漫酒吧里含情脉脉地注视着对方，好像只有这种浪漫温馨的场景才是爱情。

长大了，终于也拥有自己的爱情了，很想把想象中的爱情准则付诸实践中去，却发现那样的爱情场景只能是偶尔为之，并不能作为爱情生活中固定的内容。在爱情生活的点点滴滴中，我终于了解，爱情的甜蜜是生活中的那点点滴滴的关爱，这才是幸福的来源。

从小怕过马路，每次走过斑马线总是先心惊胆战恨不得插上翅膀飞过去，自从跟他在一起，只要挽着他的胳膊所有的恐惧不翼而飞。他对我来说俨然已是盲人手中的那根引路棒，使我可以放心大胆地往前走，使我信任着他给予我的爱情。

随着年龄的增大，深怕岁月过早地在我脸上刻下印迹，于是时不时地要做一次美容。美容院昂贵的费用使我转向了家庭果皮美容法，每次，他都帮我将水果切成很薄的片状，然后一片片往我脸上贴。他细心体贴的动作仿佛就是我的美容要素，使我的容颜不至于过早苍老，也使我的心感受着他的关爱。

同时，饿了的时候可以吃他做的饭菜，困了的时候可以躺在他的臂弯，洗澡的时候有他搓背，上街的时候有他用自行车载着。幸福是因为他给予我的点点滴滴。他的肩膀给了我依靠的力量，他的眼神给了我坚定的信念，他的双手托起我明媚的笑颜。尽管没有鲜花也没有昂贵的首饰，尽管不能在咖啡馆里享受浪漫的夜晚，可是又有什么能比得上他给予我的这一些体贴和关爱的实际行动带给我的幸福和满足？

真正相爱的人用行动去表达爱情，去体会爱的甜蜜感受爱的温度，即使不浪漫又何妨？

缝补岁月

朋友给我打电话的时候，我正在很认真地缝补着拖鞋。朋友听了大为诧异，用很惊讶甚至有些不解的语气说，"你还补拖鞋？"语气拖得很长，可以想象电话那端的朋友难以理解我竟然会用最原始的针线去缝补价值才三四块钱的拖鞋所显露出来的表情，我一手拿着电话一手提着拖鞋笑了。我对朋友说，"拖鞋只是塑料表面断了而已，用针线缝上还可以继续穿，也省得每年都要买上一双。"朋友很愉快地笑了，"我的拖鞋也坏了，赶明儿也帮我缝一缝。""没问题，只要你乐意。"

在上大学以前，我所穿的凉鞋都是塑料的，因为不怕水可以同时当作凉鞋和拖鞋来用而且很便宜。在家的时候，凉鞋表面塑料断了，妈妈马上会拿起针线帮我缝上，然后我又穿上缝好的凉鞋继续玩乐。妈妈的手工活做得很好，粗线缝补过的地方无论看起来还是穿起来都不会有粗糙的感觉，因此不会磨脚。仅仅是表面断裂缝补起来相对来说算是简单的，有时候鞋底断裂了，妈妈也不会因此就给我买一双新的。她会在中指戴上顶针，在膝盖上垫上一块布，开始很仔细地缝补起来。鞋底一般比较厚，妈妈总是习惯性地穿过一针后将拴着线的针在头发上摩擦一下，然后继续在鞋底上插下一针，这个动作在我脑海中时常如画面般浮现。一双很便宜的塑料凉鞋在我印象中可以穿三年，姐姐、哥哥的鞋也不例外，至于爸爸妈妈的鞋就更不用说了。

　　刚刚上高中的时候，离家远了，爸爸送我去学校的时候扛了一双被子。妈妈是一个典型的农村妇女，她唯一一次去城里是和爸爸一起去卖自己做的扫把，因此在我去城里念书之前，妈妈就很细心地教会我如何缝被子，要我不在家的日子里学会生活自理。同学们大都是用被罩套住被子，每到放假回家的时候就把被罩拆下来带回家。好像只有我，每到假期结束开学总是提前回校，为了将我的被子缝好。宿舍还没有人，我将被单整整齐齐地摊平，然后放上棉絮，最上一层是被面。跪着膝盖，将被单被面的轮廓整理好，才可以穿针引线真正动起手来。自家的被子一般都比较厚重，没有顶针是很难缝好的，要是不小心扎了手指头也是常有的事，幸好从小跟着父母干活的我并不是个娇气的女孩子。

　　自从上了大学以后，这些似乎离我的生活越来越远。衣服破了就不再穿，鞋子换上了皮鞋也用不着缝补。寒假过年回家的时候，妈妈问我是不是在家放了一条红色羊毛绒裤，妈妈说已经把破了的那块地方补好穿在了身上。有时候，邻居家来串门，妈妈还很高兴地说：现在呀，我也不需要买衣服了，两个女儿的旧衣服挺好的扔了怪可惜，就自己凑合着穿吧。

　　哥哥过年的时候给爸爸妈妈都买了皮鞋，他们除了过年的时候穿上几天，平时仍然穿着破旧了的解放鞋。爸爸说，穿皮鞋挺不习惯的，再说干活也不方便。

　　节俭和勤劳像孪生姐妹那样早已经在爸爸妈妈的生活里扎根落户，这精神又同时感染着我，使我懂得了生活的艰辛。

　　这个学期回到学校看见拖鞋坏了，就想起了在家的妈妈那双粗糙的手穿过了数不清的针眼，点点滴滴地缝补着儿女的岁月。于是，我拿起了针线缝补着破了的拖鞋，用一颗女儿细心的心去体会妈妈的情怀。

莲的心事为谁开

　　小儿兴冲冲地要做一幅叶子画，于是家里的绿植遭了殃。紫色的、黄色的、绿色的，一片片叶子被揪了下来，然后被胶水固定在白纸上。七片紫色的叶子做花瓣、黄色的做莲心、绿色的两张合成一片椭圆的荷叶。乍眼看去，淡紫色的荷花漂浮在荷叶之上，轻盈而美丽，一幅碧荷紫花的图片仿佛自然天成，令人不由欣喜。难得孩子这般地认真，看着自己的作品快乐的波纹蔓延开来。一个再也平常不过的日子，一幅再也简单不过的叶画，一个再也普通不过的孩子，竟也如此的和谐、如此的让人移不开眼。想来，做这样一幅荷叶莲花画的初衷大抵是立意轻松制作简单吧，其中的过程和结果恐怕也让孩子体验到了其中的快乐，乃至于小心翼翼地捧着画让我给予最高的评价。不记得多久了，我好像已经很久没有对孩子用赞美之词了，这一刻，我忍不住表扬了他。还记得，小小的身影在圆明园荷花池边的情景，胖乎乎的小手抓着荷花不放，如今小儿已学会独立地完成自己的事。作为母亲，最欣慰的不正是孩子的长大吗？这样的一个夜晚，因为一幅有关荷花的叶画，让我再次体会到了母子之间的温馨。

　　不久前，曾有正在学绘画的朋友把他的一幅水彩画贴到网上来让大家评论。小荷花傲然挺立在浅墨色莲叶之上，淡淡的粉晕微红地镶嵌在白色的花瓣轮廓之上，又有蜻蜓立在上头，虽不说栩栩如生十分逼真，但在我这外行看来已经相当可以了。可是他自己却不甚满意，左挑一下线条的缺点右挑一下色彩的失真，其中点评的程度让我这个门外汉听得一头雾水。这位朋友其实很忙，一共打理着两个店铺，为了手头上的事情，常常一两个星期不回家。就是这样忙碌奔波的日子，他还是会抽出有限的时间来学习绘画，甚至还专门拜了师傅学习丹青之艺术。到了我们这样接近四十不惑的年纪，还能静下心来学绘画，不仅仅是因为他本身有着一定的天赋，那种对生活的积极向上的态度更是让人敬佩啊。

在我的同学圈里有一位摄影爱好者，他的作品之中最美的莫过于一组荷花照片了，直接拿去参加摄影展也不为过。各种荷花的姿态、各种荷花的角度、各种季节的莲叶。荡漾的色彩、奔放的姿态、含羞带怯的柔美，镜头下的荷花美得让人心生向往。甚至连秋冬的萧索和凋零，也能找到那不同寻常的意境，美的感觉直达心底。正因为有了美的视线，才有了那么多美丽的荷花照片，让人无法忽视的美，令人不由自主地被吸引，那是他对生活的一种态度，对人生的一种情怀。

古往今来，赞美荷花的诗词何其之多。小学课文的汉乐府《江南》，"江南可采莲，莲叶何田田。鱼戏莲叶间。"给了我们一幅很生动的画面；初中课文周敦颐的《爱莲说》深入人心，"出淤泥而不染，濯清涟而不妖"，蕴含着荷花的高洁形象为文人墨客所称赞；南宋诗人杨万里的一首七言绝句，写出了"接天莲叶无穷碧，映日荷花别样红"的千古佳句，莲叶和荷花的视觉冲击可谓宏大。爱摆弄文字的我也不免俗，也曾题诗《咏荷》一首，"袅娜多姿婷立湖心，艳丽照人迎风起舞；清香弥漫俏跃枝头，风采依人暗浮轻歌"，与文学大家无法比拼文字的优劣，但也能读出对荷花的喜爱之情。

莲的心事为谁开？是为那一双双发现的眼睛啊！一抹娇羞欲语还休、一瓣清香万般风情。母子的温馨、朋友的好学、同学的情怀，画的是荷、拍的是情、写的是韵，化成丝丝缕缕美化着我们的思想丰富着我们的生活。

走进五月，你的笑靥如花

　　这个五月，清风、安然，心中满是安宁。你笑颜芬芳，如这个季节盛开的蔷薇，唤醒初夏的脚步，微醺在这季节的醇香里。娇艳的花瓣，每一个不经意的脚步，都会爬满藤蔓的肌肤，触摸茎叶的温度。如同你欢笑时嘴角咧开的角度，每一个不经心的笑容，都会伸出美好的触角，触摸心灵的温度。

　　这个五月，清歌、微暖，心中满是欢喜。你笑颜秀美，如这个季节盛开的月季，朵朵诉说着季节的娇艳。馨香的花瓣，每一次不经意的绽放，都会吸引行人的视线，触及世间的浪漫。如同你大笑时手舞足蹈的样子，你的小手挥舞着美好，每一个不经意的小动作，都会长出甜蜜的枝丫，生长在妈妈的心灵里。

　　你的笑眼弯弯，如同这夏日的清风，渗透我的肌肤，拂过我跳动的心脏，清凉了我烦躁的心。我很仔细地记录着你人生的每一个第一次，第一次抬头、第一次翻身、第一次吃自己的小手，每一个第一次都让我对生命充满敬畏和欣喜。

　　你的眉目之间，依稀可见初夏清晨的朝阳，那么明亮地照耀了世界，而你的笑容，散发着朝阳般的光芒，那么明亮地照耀了我们全家。家里的每一位成员，都那么开心地与你对话，那么不厌其烦地跟着一起对话咿咿呀呀的语言。

是你的童真，点亮了家的温暖；是你的童趣，点缀了平淡的生活。我愿，时刻守护在你的身边，为你抹去梦魇里紧皱的眉，为你擦去哭泣的泪滴，为你抹上天真的笑容。我愿，是你的一棵参天大树，为你挡住一夏的骄阳，为你的人生遮风挡雨；我愿，在佛前虔诚地许愿，让你平安喜乐地成长。

走进五月，你的笑靥如花。感谢时光的眷恋，让我们一起享受这美好的爱的时光。

你的小脸软软嫩嫩，让人忍不住想要摸一摸、捏一捏。你哥哥说，"双双的脸好软哦，真想咬一口"；朋友看见你瞌睡的模样，双眼一睁一闭，直喊"太可爱了，太可爱了"；你的小手小脚粉粉嫩嫩，让人总想握在手心里，仿佛就好像握着珍宝在手心。

你大多时候不爱哭闹，乖巧的让人安心，连邻居都夸你是个乖孩子，都听不到你的哭闹声。把你放在小床上的时候，你的眼睛会聚精会神地盯着床上的音乐转铃，小手小脚欢快地舞蹈；你不乐意躺床上想要妈妈抱的时候会着急地喊"哎，哎"，身子也随之扭动起来；睡醒的时候，你一声不吭自己玩手，不哭闹也不喊叫。

你也得过湿疹，痒痒得直用手挠，笨拙的妈妈四处求取经验，一天给你抹好几次药；你也受过小小的风寒，鼻子堵得不通气，吃奶的时候呼哧呼哧地很费劲，妈妈立马给你添衣喝水；你也曾偶尔夜半醒来，被梦魇惊醒嗷嗷大哭，妈妈抱着你一边轻轻拍着你的背一边在屋子里四处溜达。

走进五月，你的笑靥如花。感谢生命的力量，让我们幸福地在一起。

你是妈妈的小棉袄。晚上总是能睡一整觉，让妈妈不必睡眼惺忪地夜半起夜；上午踏踏实实地睡两个多小时，让妈妈还有这份空闲涂鸦每日的爱好；放你在小床上自己玩，你不哭也不闹，让妈妈见缝插针地可以洗洗袜子收拾一下房间。

你是爸爸的小情人。每次回家他都要抱抱你，还要时不时地偷偷亲亲你；他喜欢在你睡觉的时候在你旁边陪着你，大手拉着你的小手，让你感觉到身边的安全，让你睡得很踏实；他喜欢跟你做运动小游戏，动动你的小腿按按你的胳膊，你在这小游戏中乐得呵呵笑。

你是哥哥的开心果。他喜欢让你躺在他背上，然后他撅起屁股一摇一晃，听你在他背上咯咯笑，高兴地说：妈妈，双双会叫哥哥了。你还那么小，其实哪真的会叫哥哥呀！但你咯咯笑的发音真的很像叫哥哥，所以哥哥非常开心。

走进五月，你的笑靥如花。感谢岁月的眷顾，让我们一起成长。

明天的明天，你会慢慢地长大。我愿，用我毕生的信念和福祉来祝福你——祝福我可爱的双双永远平安喜乐！

外婆家的天井

外婆家有两口天井，一口在门前，一口在客厅里。

每次去外婆家，都要穿过窄窄的弄堂，然后先看到那一口小巧的天井。说它小，是因为它长宽仅仅一米五左右，胆子大的男孩子双腿一蹬一跳就跨过了天井。我是女孩子，胆小，只有站在一边看热闹的份。天井对面是一堵墙，墙边的平台只有约半米来宽，一不小心就会反弹回天井，摔一个大马趴。也因此，男孩子们觉得这个游戏很刺激。有时候，大家兴致来了，还会比赛谁跨的快。这种比赛，使得这些天生有冒险精神的农家男孩子们觉得又刺激又兴奋。玩这个游戏可千万不要被舅舅看到了，那可是要挨个受罚的。真到那时候，一个个耷拉着脑袋，可就没那么生龙活虎了。

外婆是一个典型的小脚妇女，走的是小碎步，也因此过天井的时候很小心。这样，她就会特别嘱咐我们小心经过天井，深怕孩子们一个不小心就掉进天井里去了。南方多雨，因此天井边沿都是墨绿的水苔，深深浅浅，像一幅岁月的图画，顽固地守在独属于它们的一隅。要是一不小心，的确是会滑倒掉进天井里去的。或许是因为外婆的一再嘱咐，记忆里的我不曾掉进过天井，因此外婆家的童年从不曾有噩梦的存在。

进了外婆家大门，还有一口天井。这个天井比门口的天井要大，长方形，一面墙连着刚进门的屋子，一面墙连着隔壁小外婆家，一面墙是村里的祠堂，顶上空着，可见日夜星辰。没有墙的一面在客厅，可以一边呷酒吃饭一边欣赏空旷的美感。天井边缘有一小块空地，垒上几块青砖块，平常用于放一些杂物，只在雨雪天气收起来。对孩子们来说，最开心的莫过于足不出户，便能欣赏美好的天气。有太阳照射进来的时候，我们喜欢玩踩影子游戏，你踩我的、我踩你的，不亦乐乎；下雨天的时候，我们喜欢欣赏雨幕的变幻莫测，时而密密麻麻如细帘时而倾盆大雨如厚墙；星辰璀璨的夜晚，我们喜欢抬头数天上的星星，放一颗颗梦想在小小的心灵里；最喜欢的是下雪天，空地上的杂物清理了出去，雪花便在这里慢慢堆积起来，等到落了厚厚的一层，那便是我们的天堂。堆个小雪人，孩子们纷纷拿出自己的收藏品，眼睛用黑炭，鼻子用红萝卜，有时候还会把珍藏的糖纸拿出来给雪人做装饰。打雪仗是不敢的，因为深怕一不小心掉到天井里面去，虽然不过约一米五的深度，但掉下去难免也会落入水中，那实在不会是什么好感受。

那时候，表兄弟姐妹们人也多，时常一块玩儿，其乐融融。外婆家的天井，也就成了我们的乐园。春雨里把手伸向天井接水，雪日里把头探入天井接雪花，阳光下把羽毛吹向天井看它在空中飘浮。那恐怕是童年不会磨灭的记忆了，如今，大家各奔东西，早已不若当年的亲密。

后来，隔壁的一把火烧着了房子，因为两家共用一堵墙，外婆家的房子也受到了牵连，一同被那把火烧掉了。此后，我就再没去过外婆家的老房子。外婆家的天井，也被丢弃在历史的风霜里了。随着新农村建设的兴起，小洋楼纷纷盖了起来，而属于童年的天井再也找不到了。

父母的行李

女儿还未满月，我在家里百无聊赖地坐月子，吃了睡、睡了吃，和婴儿一样的作息。姐姐打电话来告诉我，爸妈已经买了飞机票，从义乌飞到北京。一想到两老要来看外孙女，我也格外兴奋，从前些年第一次坐飞机的战战兢兢到现在的轻车熟路，他们终于已经熟悉了从老家到京城的路。

在父母的眼里，我似乎总是瘦小的那一个，明明因为怀孕生孩子长胖了十斤，他们却总说：还是那么瘦，怎么总也吃不胖的。因此，总希望能把家里的好东西都给我带过来。身上背一个包，左手提一个，右手提一个。长年地干农活，使他们身体仍然矫健，这么多行李在身上，也不怕压弯了腰。只是，岁月的风霜已然呈现在他们的皱纹里，到底还是比城里人看起来要显老了一些。

他们从行李里拿出了长寿面，上面还有一叶万年青一抹红纸，那是我们家乡每逢整十岁庆生的习俗，我们兄弟姐妹三家人的整十岁生日，这么多年来他们没落下过一人；鸡蛋是喜庆的红色，是给我闺女满月的。除此之外，还有笋干、豆角干、红薯粉条、土鸡蛋、鹅蛋……把行李塞得满满当当。因为上飞机前行李走地托运，在被托运的途中甩来摔去，鸡蛋还是破了好几个。母亲一边后悔不迭一边心疼地念叨：早知道就不托运了。

还记得上一次来京的时候是秋天，父母从行李里变戏法似的不停地往外拿东西，笋干、红薯、玉米、绿豆、赤豆，满满几大包，恨不得把地里种的庄稼一股脑都给我带过来。母亲还不无遗憾地说：你们都太远了，你看别人家儿女开车回村里，车后备箱装得满满的，家里种的水果、蔬菜一样都不落下。

行李里的东西都拿了出来，客厅摆了一地，放冰箱、搬阳台，刚收拾完屁股还没坐热。母亲又开始从包里掏出一堆红包，这是给女婿40岁生日的、这是给外孙小太阳的、这是给外孙女满月的、这是姐姐托我们带给外孙女的、这是大姑托我们带给外孙女的、这是小姑托我们带给外孙女的……拿在手里，分量是轻的，而我分明感到了来自家乡亲友厚重的爱。

从北京回家的时候，六大包的行李已经减少到只有一个了，父母说：什么都不用带，什么烤鸭、糖果啊这些北京特产都拿回去好几回了，我们轻轻松松地回去就好。就这样，他们把厚重的行李留给了北京，带着一身轻松回了老家。

父母的行李，总是给予的多，收回的少，一如父母的爱。

姑妈家的床铺

上初中了，我们都很兴奋。但是每天上学放学要走 5 里路，真不是愉快的事，碰上刮风下雨的天气，更是苦不堪言。那时候，没有汽车，忙于农事的父母也没时间接送上学，家里也还没有自行车，只得自己走路上学。一开始，能和小伙伴们结伴上学，还比较兴奋，时间一长，便对这半小时的路程产生了强烈的抵制心理。

幸运的是，姑妈家就在初中附近，走路不过几分钟的路程。于是，姑妈家成了我们的宿舍，蹭吃、蹭喝、蹭床铺。

早上，有姑妈会挨个叫我们起床，不用害怕迟到。晚上，姑妈会给我们留一盏灯，等我们上完晚自习回家。姑妈没有女儿，对我更是喜爱之极。加上我从小学习好，也还算乖巧听话，一度成为姑妈教育两个表弟的典型。家里做了好吃的饭菜，也总不忘记给我留着。

说是宿舍，其实也不是像学校那样的连铺或者上下铺，只是在姑妈家里多几张床铺罢了。简单如粮食柜，盖板揭开里面可以储存稻谷、小麦等粮食，盖板之上铺上被褥就是简单的一张床。两个男孩子可以睡一张床，这一个睡这头，那一个睡那头，晚上在被窝里还会玩玩踢腿游戏，或者挠挠对方的脚，然后乐的笑出了声。

姑妈家的床铺，除了我和我哥这些亲戚外，有时候也会有其他朋友家的孩子住进来。最多的时候，住五六个孩子，晚上睡觉大家都会叽叽喳喳地聊天，直到最大的那个孩子喊一声：睡觉了。大家才安静下来。早上起床的时候，大家又都热闹起来。男孩子四处找衣服，女孩子扎半天辫子，女孩子取笑男孩子们衣服穿的不够齐整，男孩子取笑女孩子磨蹭速度慢。

这大概是人生中唯一一次男女生混合的"宿舍"了，到底是年纪小，还不介意好几个孩子住在一个大屋子里。那时候，大家都很单纯、晚熟，没有这些那些的小心思，男孩女孩有说有笑互帮互助，大家的关系都处得很好。若是放在现在，估计家长就不会允许这样的大杂烩，深怕孩子们会早恋了吧。

因为地方有限，姑妈并没有把床铺外租当成营生，只给亲戚朋友家的孩子提供帮助。因此不收大家的住宿费，朋友家的孩子觉得过意不去，就会把米面给姑妈家送来，逢年过节的再塞给姑妈一个红包。像我和我哥这样的，就真是直接蹭吃蹭住的了。

哥哥毕业后，我继续住姑妈家享受着温暖。我毕业后，表姨家的孩子接着住进了姑妈家。就这样，姑妈从无怨言地收留着孩子们，姑妈家的床铺接待了一个又一个亲戚家的孩子，让我们不必在风雨里穿行在马路上。那是岁月给予的馈赠，是亲情给予的温暖，这些馈赠和温暖似一缕缕阳光照射在我们求学的道路上。

爱的合作和陪伴

刚开学不久，值周的活动如期展开，大队委刘锦钰如同往常一样担任了钢琴手。为了能让大家在美妙的音乐声中开启崭新的一天，他挑选了一首优美而舒缓的《街道的寂寞》，在一连练习了多天之后，手指下流淌而出的音乐声分明有着灵动和韵味。在这音乐的感染下，我不由自主地问：把你的钢琴曲录下来，妈妈给你配上诗歌，可好？作为奖励，打赏的钱都归你。刘锦钰一听有奖励，劲头更足了。于是，在排练了两次后我们正式开始录他弹奏的钢琴曲，此时作为妈妈的我正怀抱着未满周岁的小女儿。

轻缓而悠扬的音乐响起，我们都陶醉在了这美好的音乐里，偶有小女的莺莺细语打破音乐的旋律，却也增添了一分额外的生动。当我用心写好诗歌，并在钢琴曲的背景音乐下深情朗诵的时候，我的心中充满了满足感。儿子的钢琴曲，妈妈的诗歌朗诵，还有小女儿的咿呀学语，组成了我们的配乐诗歌朗诵。这份爱的合作，以优美的音乐和深情的朗诵得到了朋友们的一致赞扬。

奖励，是对孩子的一种鼓励一种鞭策。而家庭成员的合作，是因为有爱，便有温暖。

去年的冬天，正是寒风凛冽的季节，大雪不期而至。而此时，怀孕七个月的妈妈正陪伴着儿子参加天津市的全国定向越野公开赛。当儿子深一脚浅一脚在厚厚的积雪中前行的时候，妈妈拿着衣服在终点等着他，以便他回来的时候能擦去他身上的汗水，快速喝上一口温热的水。有人说，你都肚子这么大了，就别在外面等了。我说，孩子一定希望到终点的时候看到妈妈。就这样，在妈妈的陪伴下，儿子通过自己的努力取得了天津市全国定向越野赛10岁年龄组的第一名。尽管他的鞋子已经湿了，他的手和脸也都冻红了，但他是那样地快乐着。这不就是当妈妈的所希望看到的吗？身怀六甲，依然还是儿子的妈妈，依然需要陪伴着儿子一起快乐成长。因为儿子需要妈妈的陪伴。

如今，小女已经半岁有余，她已然成了哥哥的开心果。看到兄妹俩一起趴在地上看书，心里便充满了无限的满足和幸福。现在更多的时候，是妈妈和妹妹一起陪伴。他弹钢琴的时候，我们是听众；他做作业的时候，我们是辅导员；他参加比赛的时候，我们一起为他鼓劲……

陪伴，是对孩子的一种关心一种爱护。而家人的陪伴，是因为有爱便有温暖。我相信，儿子如今的成绩离不开日常的奖励和父母的陪伴。我也相信，儿子会成为一个有爱心的快乐少年。因为，我们的家，洋溢在爱的氛围中。

那年那月

当父亲将我送到离家数十公里的小城念书时，我为父亲的开朗和明智充满了感激，我始终有些窃喜于自己没能如父母所愿考上中专，尽管父亲毫无责备的语言，我却已经感受到家庭经济因素在父亲不断增多的皱纹里时刻提醒着我。在这个重点中学里，我没有任何足以骄傲的资本，当父亲消瘦的背影远离我的视线时，我心底一直重复着：我决不能让他失望！

当我和很多城里同学一起坐在课堂上，当我嚼着家里带来的干菜时，我唯一的愿望就是读好书。很幸运的是，学期期末考试我从入学三十多名一下子跃到了第四名，当父亲看着班主任写在我成绩单上的祝贺词时，仿佛春天提前来到了身边。

我是寒假的时候才知道父亲病了的，母亲跟我说起的时候便已经哽咽了，我的眼前一片模糊，而父亲依然那么和蔼地对我笑着。他拿着我的成绩单，对着大字不识一个的母亲说：咱们女儿会有出息的呢！额头上的点点白斑看得人触目惊心，而那笑容依然是那么明朗清晰。那时候，父亲的小腿已经开始脱皮糜烂，饭量明显地减少，身体也渐渐地消瘦下去。因此很多体力活都落在了母亲和正在离家不远的普通中学读高三的哥哥身上，听哥哥说父亲看着母亲忙碌的身影时总是不停地叹气，恨不得马上将病治好。

　　寒假结束以后，看见同学们笑脸灿烂如春花的时候，我便不由自主地想起家中的父母想起父亲那颇为严重的病情，因此我更加勤奋好学也更加沉默于自己的世界。这个学期父亲每个星期都要来城里抓药，顺便来看看我给我带些咸菜。记得有一次，那是一个大雨滂沱的天气，父亲带着那把破旧的雨伞穿着厚重的雨鞋，手中拎着一大堆中药，远远地在雨中站立看着在教室上课的我，透过玻璃看出去，我的泪水就流了下来。课间休息的时候父亲递给我一桶咸菜匆匆地嘱咐我几句就走了，萧瑟的背影使我酸涩的双眼在接下去的课堂里没有再清澈过。

　　江南的春天如诗如画，这个年轻人正雀跃着的季节肆无忌惮地包围了整个小城，当数学老师通知年级要组织春游的时候我摸着掏空了的钱囊不知所措。父亲来了，还是简单的行装外加中药和咸菜。我接过咸菜的时候，犹豫了很久终于什么也没有说，父亲看着眼睛的视线躲避着他的我忍不住问：

　　"闺女，你一定有什么事情要对阿爸说吧，你的眼神瞒不过我哩。"

　　磨蹭了许久，我低着几乎只有自己才能听见的声音说，"我们年级要去春游，可是我没有钱。"

　　父亲没有吭声，从自己的口袋里掏了很久，就掏出来几块零零散散的钱，问我需要多少。我想了想，"车费、住宿费以及门票要交7块钱，另外加上吃的玩的可能要20左右。"

　　父亲没有看我，只是说，"要不就不去了吧，你看我钱也没带够。"

　　我沉默着，不争气的眼泪却不由地流了下来，在学校我花钱很省，平时穿的就是一身校服，除了文化用具几乎从来不买别的东西，可是这次在内心里我多么希望和同学们一起去看山看水啊，我是如此地喜爱着大自然秀美的景致。

父亲看着我一脸的渴望，于是就说，"好了，我们去你堂姐那借点钱吧。"年少不懂事的我顿时眉开眼笑，拉着父亲的手就朝堂姐所在的单位跑。

来城里这么久，父亲从来没有带我去找过堂姐，他总是说堂姐刚工作没多久生活不容易，还是别去麻烦她了。而这次，父亲终于还是带着我去找平时联系不多的堂姐了，那时候我不懂得父亲拉下脸来借钱的尴尬，只是为小小的满足而高兴着。

堂姐就在离学校不远的一个制药厂工作，厂门前有一个很长的斜坡，我拉着父亲的手走得有些快，父亲急促的喘气声夹杂在我飞快的脚步声之中显得特别的沉重。那时候父亲的病还没好，拉着我的那只手明显地蜷缩着，愧疚布满了我的心头，终于我拉着父亲的手说，"阿爸，要不我们不去了吧，反正以后还会有机会的。"父亲却摇头笑了，"都走到这里了，怎么又开始打退堂鼓了呢？走吧，别想那么多了。"

堂姐很客气地迎接了我们，父亲东拉西扯地说了很多以后终于开口向堂姐借了钱。我和父亲没有在那里留下来吃饭，匆匆地像逃跑似的离开了制药厂回到学校。那顿午饭我和父亲是在食堂吃的，米饭和咸菜就是我们的午餐，简单得不能再简单了。

南方的雨总是说来就来，根本不给你喘气的机会，滂沱大雨就这么倾泻下来了。我手中紧紧握着交了7块之后剩下的钱，望着不知道何时才能停止的大雨，愁绪和春色一样的浓。为了不让自己淋着，我拿着剩下的钱去买了一把紫色的雨伞花了我9块钱。我一直记得这个数字，是因为这雨伞给我的印象太深了，在买了雨伞之后我的钱囊又开始空空如也。

千岛湖的景致很美，下雨的天气里真个湖面弥漫着蒸腾的雾气，朦朦胧胧的。看着这些的时候，所有的快乐与不快乐都化作了心底无比宁静的安宁。新安江水库很有气势，站在大坝上看不远处山水如画，感觉着平凡的自己与大自然比较的无比渺小，心底对于父亲的愧疚又涌了上来。在这春色包围的美丽景致里，我没有留下一张照片，因为我知道我已经支付不起照相的费用了。

后来班里再也没有组织过春游，这也是我唯一一次没有留下照片的旅行，但是所有的往事和风景都留在了我的脑海深处，父亲的身影又深深地嵌在其中成为我人生中永远的风景。感谢医生使父亲从病情的阴影中走了出来，使他不至于和瘫痪了十多年的奶奶一样要忍受岁月的残忍，只是父亲的那只手永远不能伸展自如了。而我，父亲最宠爱的女儿，终于上完了大学又取得了硕士学位，加入了首都穿梭的人群成为都市白领的一员。

生活渐渐地美好起来，那年那月的记忆一直深深地烙刻在我心上。

写给儿子的一封信

亲爱吾儿：

　　这是作为妈妈的我第一次给你写信，在这十年的时间里，你从嗷嗷待哺的小婴儿到已有自己主意的小男子汉，看到你一点点地长大，妈妈的心也被你的喜怒哀乐填得满满的。

　　每天晚上，几乎雷打不动地给你讲故事已经是我们母子最喜爱的事。在这段时光里，我们没有冲突没有苦恼，有的都是温馨和满足。很多时候，哪怕只是看着你的睡颜，我的心也是软软的，我想这就是母爱的天性吧。尽管有时候我也会忍不住发脾气，也会对你大声斥责，但我会向你说对不起，会解释我发怒的原因。儿子，要知道每个人都是有脾气的，只是有些人控制得好，有些人控制得不好。我们也知道发脾气的后果是趋于负面的，那么无论是你还是妈妈，都要努力地控制自己的情绪，去学会心平气和地处理事情。这一点，我们娘俩都还需要一起努力。

　　很显然，在你的身上我发现了很多优点。你平时乐于助人，深受同学们喜爱，被同学们推选为乐于助人星；你喜爱各种活动，兴趣极其广泛，使作为家长的我有机会站在讲台上和大家分享如何培养兴趣爱好的经验；你有一定的音乐天赋，在钢琴上和同龄人相比表现突出；你发言积极胆大敢说，在讲台上讲故事一点也不慌乱；你善于交流，无论去哪旅游总是会结交几个小朋友，使我的手机通讯录、QQ 好友、微信上都增加了好友。你喜爱运动，每周六和同学们一起参加定向越野比赛，并曾经获得全国公开赛 10 岁组的第一名；你喜欢创新，俨然已是一个小创客，在市赛国家赛都得过奖。你是大队委，也是学校机器人社团的小导师。儿子，有了这些优点，你固然有了自信的理由，但是我们切不可将这份自信夸大成自大，那样自信就会成为笑柄。当然，这些优点也是值得妈妈学习的地方，记得有一次和你比赛游泳，我几乎全力以赴但速度还是没有你快，那时候我就想，儿子在一点点地赶超妈妈。这是值得高兴的事情，说明了你在不断地成长、不断地进步。

但是，亲爱的儿子，你有没有发现你的身上同样也有很多缺点。在你很强的自尊心驱使下，当你的表现比别人要差的时候，你有时候会控制不住自己的情绪，生气、发怒、甩袖就走等负面的情绪让我有时候几乎忍无可忍；在和你对话的时候，你有时候会心不在焉，问你几次都不见回答，让我也难能压制自己的情绪；你的书写，不管语文、数学还是英语，一直并不太好，导致我总是不断强调；你做事的时候会磨蹭，不能很好地安排学习和玩乐之间的计划，让我总是在不停地催促；你上课有时候会开小差，注意力不集中，使我旁听的时候有时候不得不狠狠地瞪你一眼。令人欣喜的是，有些缺点你已经在慢慢地改正，我看到了你书写的进步，也看到你开始学会规划自己的时间。当你在一笔一画对着字典写字的时候，我想你已经在慢慢地纠正笔画的错误；当你自行安排弹钢琴的时候，我想你已经学会了自主安排时间。儿子，我要告诉你的是，这个世界其实并不存在十全十美的人，但是一直在努力改正自己的缺点却是值得每个人学习和尊敬的好习惯。

"礼貌待人多问好，有错就改是个宝"、"自信但不自大，虚心但不虚荣"，这是我在你步入三年级的时候写在"好习惯要养成"里面的两句建议，贴在了你的书桌上。希望你时刻能记住，保持优点、正视并改正缺点，做一个谦虚有礼、勤奋好学的好学生，长大后做一个正直善良、勇于担当的男子汉。

第三辑　友情芬芳

一份想念，一种关爱，

在人生温暖的旅程中有幸与你相伴。

互助互爱、真情实意、彼此温暖，

让我们芬芳的友情一起不负青春，勇敢向前。

赠言心语

翻开办公室的抽屉，赫然厚厚的一叠明信片在目，有初中同学的、高中同学的、大学同学的，其外也不乏笔友、舍友、亲友等。那些笔迹，至少现在看起来似乎还是稚嫩的，文字读起来也并不觉得有多么流畅或优美，但似乎那些笔墨就是岁月的见证，见证了年少时的友谊，见证了青葱岁月的友情。这些年，辗转各地，书信留下来的已经不多，唯独这些祝贺卡片从不曾丢弃，闲暇时读一两张，便会觉得原来也曾拥有不负光阴不负青春的真心。

因为是贺卡，自然数节日的居多，国庆节、元旦、春节，但凡节日，总是有一片祝福从邮局出发然后抵达对方的心海。除此之外，还有生日贺卡，也是年年都有祝福翻山越岭地飞过来。那时候，也许大家都还没有太多生活上的琐事，所以似乎大家都能清楚地记得朋友们的生日。只是现在，在忙碌的都市生活之后，真正还能记得朋友生日的又有几人呢！不过，祝福的心声从来都是温暖地沁人心田，过去的祝福即便现在读起来依然令人心头一暖。那些属于笔墨的馨香，那些属于往昔的赠言心语，是每一个爱惜生活的人值得拥有的记忆和财富。

随着电脑和网络的发达，大家似乎都渐渐淡忘了笔下的文字，我同样也不例外。于是在不久前，有朋友要求在书的扉页上写赠言时，竟是那般地忐忑不安，生怕写错了或者写的不够好。更严重的是，我甚至要在电脑上打好草稿，然后才敢一一抄录。且在同学聚餐中，拿起笔想写点什么的时候，脑子竟一片空白，笔下的名字竟错误频出。这样的忐忑和错误，恐怕也是因为常年不再用笔写字的缘故吧！人生就是这样顾此失彼，习惯了电脑，便也就遗落了笔墨。

在传统的贺卡之后，现在最流行的祝福当属手机短信，它弥补了用笔墨书写的赠言因邮寄引起的时间差，也弥补了那些不能写出一手好字的遗憾。每逢节假日，如今的祝福短信总是恨不得把手机都发爆了，大多数短信随着节日的过去而被清空，但不乏那么一些短信，因为珍惜舍不得删，便一直一直留在手机里。有空的时候，拿起手机翻阅一番，竟也是别有一番滋味。尽管在祝福短信中，不乏相互转发的文字，也不乏简短的只有祝福几字，但这些似乎并不妨碍朋友们对于关爱的传递。一条条短信，代表着一份份祝福，代表着一份份温暖。这样的赠言心语，虽没有了属于笔墨的特定感觉，但那些情谊并不曾减淡几分。

适逢新书赠送亲朋好友之际，在大家的要求下又开始了用笔记录文字，又见自己那中规中矩的文字下一颗满含情谊的心灵。不管怎样的忐忑，也不管怎样的错误百出，送出的赠言都是我心中的所思所想，签下的名字也是我一份有关感谢的留念。这样真诚的赠言心语，从内心里迸发的感谢与祝福，只希望收到它的朋友们会喜欢，然后记得我这样真诚的女子用真心在和每一个朋友对话，用真情在书写每一段和朋友相知的日子。

突如其来的想念

　　有那么一些时刻，突然会莫名地想念一个人，想念和他（她）之间的点滴故事，纵然青春已逝，却仍有模糊的记忆在充斥着脑海。也许是走在路上，远远地看见一个酷似的背影，刺激了神经，使那份想念突如其来地来临；也许是听着歌曲，某一段歌词正好印证了某一段记忆，于是突如其来地想念和这相关的人物；也许在和他人聊天过程中提到了那个人，一份有关的记忆便缓缓而来。突如其来的想念，只是因为想念来得那般迅速，令人难以迟疑。

　　突如其来想念中的那个人，也许是同性也许是异性，也许是十分熟稔的挚友也许是只有一面之缘的过客，也许是人生经验丰富的兄长也许是还在上学的小朋友。那个想念中的人，并没有特定的性别也没有特定的年龄。只是因时或因事突然跑进脑海，让心情跟着这份想念而涌起波澜，让思维跟随着记忆的步伐而变幻。

　　短短的几分钟，或许甚至短短的几秒钟，或许更长一点。像影片一样地回放，把那份想念在心里放大，这真是一件奇妙的事情。那些影像飞快地闪过，那些表情迅速地飞过，那些情节倏忽一下便跑走了，而那刻，最关键的是并没有他人能感知到你心中所想，也没有人能意会到你心中所念。不必告诉他人此刻你在想念的人是谁，也不必去琢磨此刻你想念的人在做什么，只是纯粹的想念，想念岁月里还会留给生活的一丝温馨记忆，想念曾经的往昔里还留下的不曾远离的点滴。也许并不十分清晰，也许并不十分深刻，只是那一刻的想念，真实的回忆，真实地想念那个突如其来的人。

突如其来的想念，似乎来得很快去得也很快，那份想念只停留片刻便又倏忽而去。生活的忙碌大脑时刻地运转，这份想念似乎并没有浓烈到忘了时间和空间。大脑皮层的兴奋，或许只是那一瞬间，之后便又回归生活的原点。只是，我并不排斥这一种突如其来的想念，因为想念中的每一个人，或多或少都曾有过的交集，会想念只因曾经有所牵绊，会想念只因记忆还不曾忘记的太过彻底。

此刻，正在读此文的你，是不是突如其来地想念着我，又或者此刻也许我正想念着你？谁又能说得清楚呢！交情有深浅，记忆有轻重，不管如何，突如其来的一份想念，都会不经意地跑出来。不必刻意掐掉这份想念，也不必刻意放大这份想念。因为，每一份想念，都存在一定的意义和价值，好让我们不会心如止水。无关是否有过情爱纠葛，也无关这想念分量的轻或重，因为想念，时光美好如昔，岁月清浅如昨。

意外的朋友

当阳光洒在懒洋洋的身上，当心情在微尘中随着空气飘浮，总希望有一个人陪伴在身旁，静静地与你一起分享内心里收藏着的一份喜悦或悲伤。让记忆中的往事随着彼此的友情沉浮，重现往事美好的片段。

微雨的周末下午，百无聊赖地躺在床上看书，这时候有轻轻的敲门声传来，你跑过去开门。一个久违的朋友带着爽朗的笑容蹿进你的房间，湿漉漉的头发还带着雨的气息。欢笑环绕着独有的空间，两杯淡茶栩栩如生地冒着雾气轻盈地舞蹈，你们面对面坐着，将往事一点点勾起让过去呈现在你们面前。和谐安静的氛围使稍许烦躁的你渐渐平静，逐渐扩大的欢笑拉近了你们之间的距离。

这是一件十分惬意的事情。

一个人慢悠悠地在街头散步，偶尔会突然被人在后面轻轻地打了一下，回头的时候看见一个老朋友正朝你微笑。于是你们就不择时机地聊起来，工作和生活，事业和爱情，好像很早就安排了这次见面让你可以一吐为快。没有人会为你絮絮叨叨而厌烦，城市来来往往的车流声也不再使你深恶痛绝。你开始对朋友微笑，在走过的时候再轻轻地握别，留住一份美好的友情。

这是一件十分愉悦的事情。

　　加班的时间里，你正被繁重的工作压迫的异常烦躁，电话铃的音乐动人地响了起来，久违却依旧熟悉的声音从电话那端传来。知心的交流，暖暖的问候，顿时放松了你的神经。轻松的笑声，真诚的理解，顿时消除了因工作带来的烦躁。空荡荡的办公室没有人会因为你大声说话充满抱怨，没有人会打断你和朋友之间的对话，就这样意外电话由惊喜转变成心灵的倾诉，慢慢地拉拢你和朋友之间的距离。

　　这是一件十分享受的事情。

　　快节奏的都市生活让我们常常忘记和朋友联络，正因为此，意外朋友的来临，让我们充满了惊喜的同时，也充满了对朋友问候的感激。即使生活的琐碎中曾有不愉快的事，此刻也消失得无影无踪，代替它们的是喜悦还有久违的温馨。

聆听，也是一种关爱

很多时候，我们总希望身边有一个听众静静地听自己絮絮叨叨生活中的苦与乐。当我们在诉说的时候心情开始自然地放松，兴奋的情绪也就渐渐平息于平和，伤心的情怀也就渐渐宁静于发泄后的平静。他甚至可以什么都不说，只是静静地倾听着，从他专注的神情里你已经看见了一颗可以分享苦与乐的心。

在不久以前认识一个尚未从情感漩涡里走出来的朋友，他的文字里常常透着一种无法言传的沧桑和落寞。有一个夜晚，他打来电话，告诉我他刚刚挂掉让他伤心让他落泪的那个女孩子的电话。然后，他就在电话那边开始倾吐着关于他们之间的故事，一边喝着啤酒眼中噙着眼泪。我很少打断他的话，沉默的时候我只是用很简单的语言来劝慰他，我想我并不是一个善言的人，朋友最终长长地嘘了一口气，谢谢我听他说了这么多。真的，很多劝慰的话其实他自己心里也是明白的，他只是需要有一个听众，而我正是那样一个可以静静聆听的朋友。

认识另外一个朋友也很久了，最初认识的时候，我也是沉默寡言的。那时候，他要是有什么事就会向我诉说，尽管我并不能给他多少温情的话，尽管我并不能帮他解决什么问题。当一个人心中蕴藏着需要发泄的情绪，我们所需要的只是有一个可以聆听的朋友。和这位朋友渐渐走得有些近了，我也习惯了每天向他倾吐我的生活点滴，每天坐在电脑前将我的心情故事我的琐碎点滴变成文字，再给朋友寄去。我不需要他每封信都能回信，我只是希望有朋友将我所思所想的过程来共同分享。当我在倾诉的时候，是一个放松自己学会思考的过程，也只有在这个过程里，我才可以心平气和地去面对在这钢筋水泥构建的城市里内心的浮躁不安。朋友总说我，学不会多用大脑思考问题，其实他的话并不正确，相信在每天的倾吐里都有我对情感对生活对未来的思考，这些思考是从我给朋友的信中描述我的心情或幻想中体现出来的。

聆听，也是一种关爱。你送我一片目光，没有言语，而我却在你静静的聆听中感受着你的关切。如果你学会了聆听，相信你将拥有更多的朋友们，他们会喜欢你的平和，喜欢你的静默聆听而将你视为知己。

温暖的旅程

走在人生其实并不漫长的征程中，总有这样那样不同的旅程，火车上、飞机上、行车途中，有时候我们孤独地走过，有时候我们成群结队，有时候三两成行，无论是哪一种，都有别样的体验，或寂寞地想要落泪，或开心地手舞足蹈，或有一种久违的感动，慢慢地沉淀在心灵深处。

尽管已经不记得具体的年份，但我依然记得那是一个炎热的夏天，人群将我推进了拥挤的火车，满车厢里都是人们身上散发出来的汗味夹杂着杂七杂八的食品味。幸好朋友帮买的车票有个靠窗的座位，使我终于可以告别站立的人群，悠然自得地坐在椅子上，呼吸着窗外的新鲜空气，欣赏着窗外的景致随着火车的前行而一一远离。这样的拥挤，每年都要发生四次，从家到学校，从学校到家，寒假，暑假，所以，我其实早已经习惯了。但是，每当自己一个人的时候，置身于拥挤不堪的车厢里的时候，依然有一种摆脱不掉的孤单包围着我，使我心情格外地低落。

火车经过南京的时候，上来一位身穿军装的男子，坐在了我旁边的座位，该男子一坐下来就开始热情地和大家打招呼，于是知道了他和我一样也是在西安下车。座位对面是一个上了年纪的老人，腿上包裹着纸和塑料袋，隐隐约约地似乎还能看到伤口。他看见后，就很热情地劝说老人拿掉塑料袋，说这是对伤口有害的。虽然老人因为某些原因，并没有听从他的劝告。但我想这人还真不错，这社会谁还管别人啊！

　　火车轰隆隆地开着，夜晚的睡意开始侵袭着车上的人群，眼看一位旅客就要睡倒在地上，这位军装旅客立刻拿出他包里的报纸，铺在车厢的地上，使那位旅客可以安心地躺在地上睡觉。那时的我还清醒着，这一幕看在眼里，使我对身旁的人又多了份认知。连连帮助别人的人，想必不会是一个坏人。

　　夜晚的风呼呼地刮了进来，我将车窗关小了些，但还是有凉风拍打着我的脸庞。身边的这位军装旅客毫不犹豫地和我交换了座位，使我免于夜风的侵扰，也避免了因关上窗户导致车厢的气流不畅。因为心生感激，卸下了基于陌生人的戒备，我们开始了旅途上的交流。没有学业上的压力，没有情感上的障碍，同学之间的故事、网络中的困惑，都从我的嘴里一一冒出，他在倾听的同时也会谈及他的故事，年少辍学，当兵的故事等。在你一句我一句的交谈中，本来漫长的旅程似乎一下子就缩短了，原本孤单的感觉也一扫而空。

　　临下火车的时候，他说他送我到学校，我很客气地拒绝了，毕竟我们还是陌生人。刚出火车站，密密麻麻的雨阻挡了我前行的路，正在我踌躇该如何回到学校的时候，这位军装大哥出现在我面前。他礼貌地接过我的行李，帮我打了一辆出租车，然后送我到学校宿舍。雨依然很大，这位大哥冒雨离开了我所在的学校，我甚至还没有来得及说一声谢谢。

　　一次交流，一次相送，原本寂寞的旅程从此带着温暖的记忆。一次给予他人的帮助，也许只是举手之劳，对于接受帮助的人来说也许就是一辈子的温暖。我们总会遇到这样那样的旅程，只要我们伸出友爱的双手，我们人生中的每一次旅程都将充满温暖，而面对帮助，请给予足够的信任，这个世界毕竟温暖多于冷漠。

转身只是陌生人

　　有些人，也许一生就见过一次，随着时间的过去，再也不记得他的容貌，这样的一些人，于我们而言，是转身而过的陌生人。在这些转身依然只是陌生人之间，却同样有些小故事，清浅地感动着日夜匆忙的我们，像干旱之后的雨滴轻轻地洒在心灵的泥土上，浇灌出动人的花朵，那些花朵的名字叫"感动"。

　　繁忙的都市生活，人来人往的潮流中，我们与成千上万的陌生人擦肩而过，胖的、瘦的、年轻的、年老的，形形色色的人们遇上又远离，假如不曾有故事，陌生人只是随风而去的声音，走远了也就远了，留不下丝毫的信息，真实地存在却似乎从来没有发生过。其实，并不是不曾发生，也不是不曾遇见，只是因为不曾有故事，所以转身之后不曾在脑海里留下深刻的印象。而那些有故事的陌生人，耐心的指路人、帮你提过行李的路人、一路谈笑风生的乘客，即使转身只是陌生人，只因为有了情感的交流，便在心灵里留下了烙印，这样的陌生人，在我们的日常生活中其实并不少见，这样的一些因陌生人而产生的小感动，似乎并不浓厚，但却是一杯清茶，淡淡的氤氲拂过人生的道路。

1. 行程中的援手

大学的时候，每年都要挤火车去学校，曾经有一个乘警拿了小塑料凳，在车厢连接的空地方给我找了个座位，使我免于站立二十多个小时的痛苦。具体的时间，具体的车次，具体的车厢以及那名乘警的样子，早已经遗忘，留下的是这么一件事情，也许很小，却让我一直记着。

怀孕四个月的时候坐公交车下班回家，一位大姐不由分说地给我让了座，很小的举动，算不上多么伟大，但的确对我伸出了援助之手。大姐的相貌，身上穿的衣服，头上的发型，没有一样还能记得的，但这一件事却记了这么多年，恐怕有生之年也不会忘记。

挤得满满的公交车，我好不容易站稳了，却发现手机不翼而飞。身边的几位乘客立即出谋划策，有借我手机打报警电话的，有让我别紧张再仔细找找的，有让司机把车直接开往派出所的，随着热心人的建议此起彼伏，那个小偷恐怕也紧张得不知所措了吧。终于，有人在车地板上发现了我的手机，使我的手机重新找了回来。那些热心的乘客，我甚至不记得他们的性别，至于其他更是没往脑子里去，但他们自己都可能已经忘记了的小小帮助，却永远地留在了我的心里。

我想这样的小事，一定在很多人身上发生过，这样的小小帮助，也许只有受益人才会保存记忆，但正因了在小事情上我们依然保持着爱心，我们的日子才能和平有序地进行下去。

2. 旅途中的帮助

在旅途中，常常有陌生人给予鼓励的语言，激励我们攀登高峰的信心，使我们忘记身体上的疲惫勇往直前。每每带孩子出门旅行，爬山过程中或赶旅游车过程中或步行回宾馆过程中，每次似乎总能碰到这种情况，听到陌生人的鼓励"小伙子，真棒！"，儿子总是显得十分兴奋，从而又生出许多勇气来，于是，原本都已经迈不动的腿又开始了行走。这样的鼓励，于陌生人而言，仅仅是发自内心的一声小感慨，但对于受鼓励的人来说，却是勇气的滋生体。

而在行走过程中，尤其是爬山的过程中，陌生游客伸过来的一只手，或者从后面推一把，或者在危险情况下好心地提醒"小心"，也是常有的事。因为被拉了一把或者被推了一把，使人可以顺利地爬上山，或者在荆棘遍布时那一句提醒，使游客可以及时地避开植物上的刺，这些似乎微不足道，但这小小的善意的确帮助了他人。这样的帮助，似乎不必记着陌生人的模样，自然而然地从帮助者传递到受益者。

一个人的旅行，常有寂寞的心理在作祟，同行游客的交谈，适时地帮忙照相，这在旅行中也时有发生。我曾经一个人贸然地向黄山行进，为了留下曾经来过的印迹，让其他游客帮忙照相好几次。如果现在让我回忆那几个游客的相貌，必然是想不起来的，但这小小的帮助却给我带来了美好的记忆。

3. 陌生的交流

无聊的时候，心情并不明亮的时候，工作或情感毫无头绪的时候，一头冲进聊天室，随便找一个人瞎聊，认识吗？其实并不认识。正因为不认识，这样的聊天毫无顾忌。说说对工作的不满，没有人会去找领导告发；聊聊对生活的理解，没有人会嘲笑你的幼稚；唠叨内心无法发泄的情绪，陌生人充其量左耳进右耳出。出了聊天室，谁也不必记着谁，谁也不必对说过的话背负太多的压力。这是我上大学时候常干的事情，现在想来，连聊天室的名字都不记得，至于网友的账号更是一头雾水，但这样的倾诉，那漫不经心的倾听，终究是缓解了当时的情绪。

　　长途旅行的火车上，有人喜欢看书，有人喜欢交流，我属于两者之间，两者皆可。上海出差的火车上，有一颇懂点中医理论的老者，坐在我的对面，侃侃而谈。已经走过的人生，希望与失望，更有益的，他留下了一中医偏方，是有关美容养颜的。下车后，不曾再联系，恐怕之后也不会再有交集，但那一段有关人生的讨论却在我的脑海里占据了一个角落。

　　出租车上，听的车师傅八卦，房价的水深火热、笑话的幽默曲折、旅客的精彩故事，很是丰富了乘客的信息量；地铁里，听听陌生男女有关娱乐圈的八卦，心情竟也轻松很多；商场购物，服务员一边帮忙整理你正试穿的衣服一边给出她的建议，在衣服堆中的茫然无绪竟也能找到一丝亮点；菜市场里，"一起买走 5 块一斤""那我们俩分一下如何？"，两个陌生人以最优惠的价格分掉了最后的一堆菜。这样陌生的交流，在生活中比比皆是，虽没有亲朋好友之间的亲密，却也在言语之间点缀了我们的生活。

4. 捐助的爱心

　　大三，班里有个男生得了白血病，我们全班的同学集体出动为他筹集手续费。边家村、小寨、西安交大，处处都有我们忙碌的身影。是那些转身而过的陌生人，他们善意的捐款回报了我们的奔波，5 块，10 块，50 块，也许票面很小，但也是一种爱心的表达。其中有一位，一个信封里装了500 块，那时候的 500 块可不是一笔小钱，但那个路人依然转身而过，不曾留下他的姓名。身高，穿着，年龄，一概都不知道，在那转身之后，陌生人依然还是陌生人，但他的举动却感动了我们全班同学，使我们不能忘怀于那一个爱心信封。

　　其实，网络中这样的捐助并不少见。群里有个网友患了癌症，立刻会有热心人出来组织捐款，并为治病出谋划策，那些网友们并不见得在现实生活中认识，但他们依然纷纷伸出了援助之手。最近流行的微博上，此类的信息也是多的不可计数，有网友声称"每被转发一条微博，就给某某捐出1块钱"，于是网友们纷纷施以援手，被转发的次数很快成千上万地转起来。轻轻地一点鼠标，极其容易的一件事情，如果能因此帮助了他人，何乐而不为！

作为一个心地还算善良的人，我同样地，也曾经伸出自己援助的手，也许事情小得都不值得一提。给青海捐助的衣物，光邮费就花了我50多块，网络上至今还能搜到我捐助衣物的名字。在一位朋友患病经济异常紧张的情况下，我主动每月认捐一定额度的捐款，而在同时，一听说校友患了白血病，我立刻转发帖子并捐出一笔款项。看了同事朱菊宁的支教信息之后，我主动联系上她，并给她所支教过的孩子寄去书和衣物。接受他人的帮助，也善意帮助别人，即使转身之后谁也不认识谁，但那一颗颗善良友爱的心却同样在这个地球上跳动着。我想我成不了什么大人物，那么就做一个怀有爱心的小人物也好，不求轰轰烈烈，但求一颗真心能发散出一点点的光和热。

亲朋好友之间的互帮互助，我们理所当然地接受和赠予，因为熟悉，感情醇厚，见不得亲朋好友深受痛苦。而陌生人之间的小举动，因为陌生，所以更加的单纯，也更加的令人感动。每天，我们都在和陌生人擦肩而过，一句简单的问候，一次仔细地指路，一份随意的交流，都是我们心灵的方向灯，使我们相信世界依然是美好的。

情谊

在青草气息弥漫的春天里，我虔诚地踏上回归的旅程，轻风细雨的挥别间，往事如同盛开的百合那么无瑕地在我的心路上遥望。

小城山色依旧，在那台阶之上嫩绿苔藓不知人间苦乐地漫长着，遥远的记忆里，一群小女孩以欢笑做饵迎来一片片目光，那目光夹杂着我们所不了解的羡慕和妒忌。当那群小女孩长大以后，才发现那台阶上天真的笑容啊，是多么的让人缅怀。

一江春水，流不尽的是悠悠岁月情。小女孩们或依然留守着这座曾美丽的小城或在遥远的异地他乡为生活而奔波着。春水之畔，那短暂的相聚搅动了小城的宁静，笑音跟随悠悠的江水诉说着长长的思念。

永不忘怀的，是我们曾年轻的岁月；

永不忘怀的，是山水隔不断的情谊。

雨，淅淅沥沥地下着。一把伞下两个牵手的人影，在小城因雨水冲刷而泛白的街道上徒步行走着，相依偎的背影是天地间唯一生动的照片将往昔与现实连接。朋友说，下次回来的时候别忘记这个小城还有人留守着，我只是点头。

车开了，背影远了，对面的一位老太太流了一脸的泪，而我和朋友只是挥挥手，挥手之间我看见几个小女孩在台阶上高声欢笑着……后来，老太太说送她上火车的是她 20 多岁时候一块工作的一个同事，一晃这么多年过去了直到白发苍苍才见上一面。

有些情谊，无论岁月将怎样改变都无法改变的，我深深相信。

做个情调女子

最近新认识一位兰心蕙质的朋友，一双秀丽的手把阳台布置得像花园，一双灵巧的手把手工做成了乐趣，一双灵气的手把水彩画成了情趣，真真是把日子过成了诗。这样一个满含情调的女子，不张扬、不浮夸。她安静地做手工，一针一线都是母爱；她宁静地画水彩，一笔一画都是生活；她快乐地种花草，一草一木都是美好。这样一位情调女子，沉浸在诗一般的日子里，美好而温暖，这是否就是"小确幸"的生活呢？

花团锦簇的小花园，粉的、紫的、黄的、绿的，种种颜色，搭配成了一个美丽的童话王国。风和日丽的日子里，闲坐在椅子上，和这一屋子花的精灵低声对话，那是怎样一个身心愉悦的时光啊！忘记了城市的喧嚣，忘记了世间的繁杂，徜徉在这花与树木的童话王国里，淡淡地享受这静谧的时光。连那只叫作"花花"的小狗，这一刻也甘于静静地闲卧，静听风吹绿叶的声音，坐看阳光妩媚地透过光阴。

一盆矮牛，一朵朵张开粉色的嘴巴，呼吸着春天的风；一簇簇多肉，一簇挨着一簇，张牙舞爪地呼吸着清新的空气；阳光的缝隙里，有美好的音色在空气中流动。一花一世界，一叶一菩提。朋友说，这欲语含羞的花儿叫圣诞玫瑰，花瓣儿仅那么几瓣，花蕊倒是分外浓郁，一低头的羞涩，倾诉别样的世界。是风的使者吗？要把这一季节的花香遥寄给远方的友人。

是花的信使吗？要把这一季节的芬芳传递给都市里正烦躁的人们。葡萄风信子，亭亭玉立，傲娇迷人，是一首清新格调的唐诗，轻轻地吟唱。

把日子过成诗的情调女人，生活在精致的艺术王国里，每一次似乎不经心的摆设都是一幅赏心悦目的画。一篮争奇斗艳的矮牛，悬挂在一半椭圆的铁艺门上，日子仿佛渗透了蜜汁，那么美。这么精致的花儿，好似渲染了水墨的画，把情调女子生活中的诗意撒播开来。可是朋友告诉我，这种花的名字叫耧斗菜，啊，竟然是一种菜的名字，难道是为了不和花媲美才甘于这样的一个不起眼的名吗？藤月紫袍玉带，这么长的花名，我还是第一次听说。细细一问，原来这是月季花的一种啊！如我一般粗糙笨拙的女人，玫瑰和月季都分不那么清楚的人，哪里分得清月季的品种。如此一来，便对这位富有生活情调、把日子过成了诗的朋友佩服的一塌糊涂。

家里的摆设，似乎很简单的插花也有了分外的灵性。简单如绣球，随意往花瓶里插上一枝，便给家里增添了不少的亮丽。素朴的风格，不妖媚、不浓烈，正是简单生活的情调。明明是朵朵娇媚的花，紫得那么荡气回肠，却偏偏有着这样一个洋气却和花不甚搭边的名字。意大利风铃草，浅浅地插在小花瓶里，守候着浅淡的时光。一大束粉龙，粉得淡雅、粉得清脆。那花瓣仿佛不放过每一个空间的缝隙，把花朵儿挤得满满当当的。适逢雨季，花开的正是最美的时候，随意地插在一起，便是一种风情。

做得既美观又合脚的手工鞋，纯手工自制，那得要多大的耐心，包含着多少的母爱啊！虽然有详细的步骤作指导，但没有耐心的妈妈是做不出来这么精致的小布鞋的。瞧，连一个钮扣都打包的这么精致，一根鞋带都这么雅致。小小的布鞋，很可爱，又是全棉布料所制成，穿在脚上想必很舒服吧！小公主可真是幸福呢，从小就享受着别人享受不到的别样礼物，那是她那一个爱生活爱宝贝的妈妈一针一线手工做出来的啊！当手工成为了一种爱好，当情调遇上了精致，那是怎样的一首诗啊！轻浅地触摸生活的触角，细微地打造母爱的王国，那一双双手工布鞋，有母亲细腻的心，有母亲厚重的爱。每一朵点缀的小花，都是生命的精灵，唱响生活美好的韵律。恐怕只有含着艺术心的女子，才能如此爱生活吧。细小如一个鲸鱼发卡，也可以这么精致。我看过她描述制作过程的文章，轻描淡写，寥寥几笔，用大量图片介绍详细过程，似乎一而再、再而三地告诉大家：手工真的很容易。可是，没有一颗艺术心，就那一个鲸鱼花样就画不出来啊！

除了养花、插花、手工，连艺术水彩画也那么棒，真真是一颗七窍玲珑心，让我等养不了花、做不了手工、绘画更是一点都不会的女子该是多么汗颜啊！暖暖的灯光下，五彩缤纷的颜料，手执画笔，静静作画，想想那个场景都觉得分外迷人。落笔、轻拿，动作优雅；配一种色彩、描一朵鲜花，纸上流年轻画。情调女子，身兼数能，如此才华横溢，令人佩服之极。从花的世界暂时抽离，人物像也一样可以手到擒来。厚厚的嘴唇，抿着坚毅；传神的双眼，似乎在诉说着某种情愫。那一个扎着辫子的小孩，在大人的注目下，小心翼翼地走向未来。

一个这样情调女子，过着如此让人艳羡的人生，真真是把琐碎的日子过成了一首诗。这首诗里有美丽的花、有满满的爱、有浪漫的情调。这样的一首诗，无论如何的低吟浅唱，都让人一再地迷醉其中。

我们的大学

随着时光的流逝，岁月的蹉跎，曾经熟悉的记忆似乎也渐渐地离开了我们。恰逢入学 20 周年，借助微信群主的身份，振臂一呼强烈呼吁同学们写往事录，重现我们的大学。毕竟，一个人的记忆犹如沧海一粟，只是微不足道的一个角落，无法汇成青春波澜壮阔的画面；而当所有人一起开始回顾往事，大家的记忆纷至沓来，于是那些青春往事便浮现在大家眼前，组成了我们的大学那一幅美好的青春画面。

徜徉在大家的文字里，我突然发现，原来我们的大学曾经那么精彩，原来我们的大学曾经有那么多趣事，原来我们的大学曾经有那么多的感动。因为真情流露所以文字便也变得美好起来，虽不能如文学大家一般的妙笔生花，但让我们都再次体味了大学生活的真情所在。

"水壶"之所以成为"水服"的故事告诉我们，来自全国各地的同学有着千差万别的普通话版本；"女生宿舍夜半卧谈男生 TOP10，男生宿舍夜半讨论选举班花"的经历告诉我们，人们对美的追求和欣赏从来不会因为时间、空间而不同；"散伙饭一众人等狂醉不醒，甚至有人被四个彪壮大汉抬回宿舍"的记忆告诉我们，每一次离别都带着伤感和苦涩。集体生活，是多么值得珍惜的生活啊！大学生活，是多么让人想念而又遥不可及的生活啊！

同时，在同学们的回忆中，每一个人的特点开始慢慢浮出水面。学习委员的勤勉自律，老赵同学的幽默风趣，三剑客同学的小圈子大感动，宣传委员在科协的敏锐观察力，在不同的文字中我们又重新认识了我们的同学。体育委员荣耀升级为"完美男"，班花的名字终于水落石出，女干部一号的白衣飘飘的岁月，在不同的描述中我们的眼前浮现出了每一位同学的音容笑貌。"人生如梦"的感慨已成经典，"糯米"、"耗子""小鸭"的绰号如今已众所周知，在你一句我一句聊天的海量文字里，我们的大学校园生活也慢慢地清晰起来。

我们的大学，曾经一起走过的时光，曾经一起风雨度过的人生。那些生活点滴，成了同学之间永恒的话题。同学们说，"生活，如同他捧着脸盆一样大的饭盆去食堂打饭一样自然"，"生活，就像你晃晃悠悠慢吞吞地走来一样自然"，"生活，就像熄灯前那位同学坐在床沿上尖声尖气地唱'女孩心事你别猜'一样自然"，"生活，就像军哥瓮声瓮气地说睡觉吧一样自然"，"生活，就像我们宿舍集体弹奏《青春》一样自然"，"生活，就像端着杯子去隔壁和对门宿舍借水一样自然"。我们的大学，就是这样自然地走过。

有同学说的好，"其实大学很多人在自己的小圈子里，经过这么一番挖掘才发现了各自的精彩"，是啊，有许多的幕后故事都是这样重新被大家所了解。"挖掘"，是文字的武器，是故事的挖掘机，使那个还不曾流行照相机和网络的大学时代终于不再被时光的机器所覆盖。再现往事，再现青春记忆，再现我们的大学。

至于"散伙饭""车站送别"那些关键词，和所有人的大学大概也没有什么不同吧。或许很多人已不记得是在哪个酒店吃的散伙饭，或许很多人不记得狂醉之后是三人扶着还是四人抬着回到宿舍，或许很多人不记得具体离开校园的时间。但，散伙饭的每一次碰杯，火车站送别时的每一次拥抱，都代表了我们的大学拥有如此浓重的情感。

生活在某种意义上来说从来就不会停止，同学之间的深厚友情也从来不会结束。我们的大学，只是离开了校园，只是更换了时间和空间，我们的真情，永远都在。

流浪情结

"不要问我从哪里来，我的故乡在远方，为什么流浪，流浪远方，流浪……"

流离的高空下飞翔的鹰寻找着休憩的远方，广阔的海洋上航行的船舸向目标而去。

乳燕呢喃的季节，是谁日夜梦想着远方的那块有着莺歌燕舞的土地？落英缤纷的时节，是谁踏响驿路俚歌跟着脚步去流浪？夜露还不曾清醒的黎明，是谁背上行囊坚定地走向远方？晚霞舞动的暮色里，是谁疲惫了的脚步依然执着地奔向前方？

是不是远方有你的归宿，是不是远方有你的希望？

你说，你只是喜欢着流浪。

你的目光清澈透亮，如月色下荡起金色涟漪的湖水，轻轻地荡漾着远行的渴望；你的步履坚定，希望在每一个走过的脚印里留下丰硕的记忆，在未来的日子里珍藏；而你瘦削的肩膀，背着超负荷的背包，那里是不是装载了你所有的梦想。

你说，你走不出那方天空，于是选择再次流浪。

走过山川河流，你的目光愈加的明亮，你的笑容开始有了自然的内容，而你原本疲惫的心房业已充满了纯净的欢笑。清晨里，你与早起的农人一起耕耘着生活的希望；暮色中，你与晚归的羊群一起踏响岁月的交响曲。清泉倒映着你清秀的面容，夕阳捕捉着你坚定的背影，在这旅途中你在自己的天地里自由地翱翔。

你说，走着走着，就看到了希望。将往日的忧伤疲惫抛弃在来时的路上，你踏一路欢歌继续选择远方。

这一季其实并不长，爱在人间仍轻扣心扉，在流浪的足迹里你的欢颜点亮了生命中的那盏希望之灯，于是你轻松地开始歌唱生活的美好，于是你忘记了过去那一个忧郁的女子曾怎样地在自己的心房上插上一把匕首，让鲜血淋漓。

你的足迹在沙漠里奔驰，你的身影在林海中飘荡，你的笑容在海浪中沉浮，你的长发飘扬着青春的梦幻，这青春年华啊，在你走过的足迹里终于开始有了光彩。

你说，走着走着，就走向了梦想的地方，于是你依然选择流浪。

初见欢喜，久处不厌

　　在岁月的河流里，我们总会不期然地相遇。也许是儿时一起上学的小伙伴，也许是在街道拐角偶然相遇的过客，也许是火车上转身间眼神交流的陌生人，也许是旅行中恰好行程一致一路同行的游客。从陌生到相识，并不需要太久的时间。短短的问候，不过几句话的时光，便拉近了两个人的距离。从相识到相知，自有一份缘在其中，或因爱好相同惺惺相惜，或因性格相似意意相念。缘深，便成知己或爱人，从此红尘牵手相伴一生。缘浅，便成普通好友，在特定的时光里一起走一段岁月，淡淡交浅浅念。

　　并不是所有的人，能有一份初见欢喜的缘分。总有一些人，相识也只是时间的短暂停留，从此依然走向陌生的旅途。总有一些人，似乎天生就不能融入对方生命的电磁波，初见便已厌倦，从此不愿有任何联络。哪怕此后的生命中还会再次相遇，也不过点头之交。甚至有些仍然会在生活中时常相见，但那份不喜却从未改变。

　　也不是所有的人，相识之后便久处不厌。总有一些人，即便相识很久，也无法走进彼此的心灵，难能成为相知的那一个。当初的那份欢喜，或是时空迷离了眼睛，或是无知掩盖了真实，在长久的交往之后，最初的那份欢喜早已不在。恋人分道扬镳，从此陌路。知己各奔前程，从此各自东西。没有了久处不厌的岁月沉淀，那份缘便也不在。

可是相知，必定是从相识的那一份欢喜开始。初见欢喜，相识的缘分，便在那瞬间如小草在雨水的浇灌下快速滋长。一回眸，弹指间，时光便有了相识的韵味。初次相见，也许只是眼神交流的刹那，便生出一分欢喜，仿佛蓦然间，镜头就定格在了那里。笑眸如花，岁月眷恋，从此，我们的生命多了对彼此的牵挂和想念。

在一起的时候，我们牵手漫步于身边的风景，我们倾诉平淡生活里的喜怒哀乐，我们共同探讨子女教育工作压力等话题。在这琐碎的相处里，我们是尘世间最平凡不过的路人，在世间寻找属于我们的精彩。不在一起的时候，我愿寄一笺牵挂给你，把我的生活日常写进文字，与你一起分享生命的点滴；我愿写一份想念给你，问候你每天是否平安喜乐，祝福你幸福常在。

喜欢与时间做一个约定，把一杯茶、一盅酒的相聚都请进生命里，与我的知己共度这美好时光。如若时间允许，就让我们的相聚来得更勤一些，让我们在相聚时光里把酒言欢，共诉红尘牵绊。这样让我"初见欢喜，久处不厌"的朋友，是岁月赠予的最好礼物，就让这份情谊永远含着馨香，散发在我们的人生道路上。

初见欢喜，久处不厌，这是岁月对每一份情谊的馈赠。红尘多烦扰，尘世已沧桑，生命中的来来往往，本已几多恩怨。我愿，走进我生命中的每一次初遇，都能成全一份"初见欢喜，久处不厌"的情谊，从此，我们一起在快意江湖里拼搏，一起在岁月浓情里安然。

梦过有痕

梦里醒转，余温仍在，

那一番欢乐还在心间。

一颦一笑，

似乎真实地就在我身边。

夜半因感冒加重鼻子堵塞而醒转，脑海里清晰地浮现出了梦中的情景，似乎真实地存在着。好长的时间，我沉浸在梦的片段里无法安睡，回味往事的美好让我一度偷偷地乐出了声。是梦，一步步又把我带回年少的青春，一幕幕把那些欢乐的已经被我逐渐遗忘的时光展现在我的心间。

那应该是大学时光，一张张年轻的脸庞上带着对未来美好的憧憬。我们友爱之极，我们一起手拉着手去上课，我们一起迎着春风骑着自行车奔向郊外田野，我们在雪后的操场上追逐欢乐。是梦里的情景，抑或是因为我的回忆而呈现在脑海的片段，似乎也分不清了。

梦过有痕，大概说的就是现在这种状态吧。梦里的影像仍然在大脑皮层兴奋着，举手投足间，我能看到自己年轻的脸庞纵情地欢笑着，矫健的步伐尽情地奔跑着。还有陪伴在身边的同学们，一个个都能清楚地叫出名字，一个个都能清晰地看清脸庞上细微的表情。多么逼真的梦，我已然是自己的替身，看着屏幕上的另一个自己在演绎另一种人生。

键盘上敲下一句：昨夜入梦的同学们，我想你们了。接着，觉得自己又矫情又天真。梦过有痕，可是这个痕烙刻的是我的心灵，并不见得引起他人的共鸣。好在，欢乐的梦可以愉悦身心，这样的梦，多来几遍，我仍然会欣然享受梦中的过程。

最无奈的是，这样的梦却不能如己所愿，在既定的时间里上演。它总是在不经意之间进入梦乡，在不设防的时候把美丽与丑恶一同打包给你。所以，有时候从噩梦里醒转，身上的汗滴还是热的，仿佛刚亲身经历了一场恶斗，身上似乎还带着争吵打斗留下的伤痛，腰也是酸的，背也是痛的。甚至，有些时候，泪珠还挂在眼眶下面，在梦境里大哭一场的后遗症，就那样在夜半里令人久久不能入睡。

朋友曾说起，在她父亲去世之后，曾经在夜里进入她的梦境，梦里父亲的唠叨、父亲的坚强、父亲的疼爱一如真实世界里那般。于是，半夜醒转之后，她便抱着被子号啕大哭。因为，梦过留下了痕迹，所以才能把梦里的场景记得那么清楚。是日思夜想也罢，是梦里随机上演也好，到底都是留下了梦的痕迹，便与真实的世界有了交集。

梦过有痕，大概是浅睡的状态最容易记住梦里的场景。而更多的时候，醒了却也不曾睁开眼睛，然后继续入睡。到了第二天清晨，夜半的梦境已经忘记的所剩无几。

曾经，喜欢在床头放一个小本子，本子上别一支笔。梦里醒转的时候，便把那梦境断断续续地写下来，虽没有完整的故事那么动人，看着自己歪歪扭扭的字迹倒也别有一番欢乐。以为总有时间，把那些梦境集结成文章，点缀平淡的生活。却随着一次次搬家，那个记录梦境的本子也早已丢失在垃圾堆里。就像年轻时写过的那些故事，不知被我如何狠心地丢弃，早已不留一丝痕迹。

梦过虽有痕，不记下来也枉然。如今，我更喜欢的是把梦境里的点滴分享给别人，就像我今日一边散步一边和朋友讲述昨夜的梦境，或许不如动听的故事吸引人，也不如真实的情景打动人，但梦境里的每一个动作、每一句话都是另一种人生。不与白日里的喧嚣共时光，只在心灵里慢慢回放。

今夜，谁会入梦来？又会怎样的开始和结局？在梦境到来之前，一切都是未知数。梦里的华彩，终将在心海里沉浮，得以留下那一片痕迹的，也必刻写在岁月的华章里，一如真实的人生之美好。

枫叶情怀

翻看着名家大作悠扬美丽的散文卷，在他们或平淡或优美的文字中欣赏着生命与爱情的美好，一片枫叶悠然从书的夹页中飘落下来。

喜欢旅游，喜欢天南海北地瞎跑，每在一处总是会小心翼翼地留下一点记忆性的东西。一张门票，一块画着风景地图的手绢，一把描绘水乡风景的纸扇，都是我所能留住美好的记忆中的一部分。而这一片枫叶，已在我的书中躺了很久了吧，血红的颜色早已褪去，淡淡的痕迹上布满了浅淡的经脉。

我是极爱散文的。喜欢一个人拿着书走在夕阳掩映下如诗如画的花园，静静地读着那些让我的心灵浮沉的文字；喜欢一个人在温暖的台灯下让心境随着这些文字荡漾。那么，这一片枫叶已是我岁月的书签，在我所曾喜爱的书卷里静默地等待主人将心事收起。年轻的岁月里，曾细心呵护着我的书卷，枫叶是我每每翻过一页的使者，在没有人了解的寂寞里安心地与书的每页亲密接触以后又不留痕迹地走过。只是，匆忙的脚步，忙碌的日子，所喜爱的书在我的书架上蒙上了灰尘，这片枫叶紧紧地贴着美丽的文字留在了那个世界，渐渐地被我遗忘。

大二那年的秋天，班里组织了一次秋游，喜爱大自然的我怀着一颗雀跃的心奔向秋季的山脉。漫山遍野的红色啊，让我欢腾的心充满了对这个世界所有美好事物的崇拜。我欢快地跑在了同学们的前面，对着高山稀薄的空气欢唱。回归的路上，我摘了许多血红色的，暗红色的，浅红的枫叶，细心地怀抱着大自然给我的礼物回到依然喧嚣的城市，陪伴枫叶的是一些不知名的树上刮落的树皮。

年轻的时候，总喜欢做一些自以为很浪漫的事情，如今想起来也就一笑了之了。那时候还和一些高中朋友们通信特别密切，一个星期至少会有两封信吧，生性平和的我是喜爱结交朋友的，也喜欢用我的方式来对待我的朋友们。从山野回来以后，便用尽心思将这些自然产物化为我的祝福翩翩从我真诚的友情里飞向远方的朋友们。我在树皮上写上小诗，又用白纸彩笔将枫叶固定后做成卡片，然后如飞翔的小鸟般将我的祝福和思念带给我的朋友们。朋友的回信让我看到了他们的感动，也让我了解了友情的可贵，这么多年来，身边一直有着这么多很好的朋友，想来也与我自己温和的性格有关吧。

尽管如今再也没有什么闲情逸致去做一些卡片，甚至和朋友们的联系也渐渐少了一些，那些温馨的回忆想起来依然那般馨香如故。我想，我一直是一个渴望浪漫的人，在日常生活中总希望繁星灿烂的夜空下让自己拥有一颗年轻的心。当我再次从书本中发现这一片不曾寄出成了岁月书签的枫叶，仿佛自己又回到了年轻的充满激情的日子。

翻开留着些旧日痕迹的书卷，浅淡的枫叶依然拥有浪漫的情怀，在这不曾老去的岁月里我寻找着什么，那是我年轻的心不老的情怀。

最美是书信

昏昏欲睡的午后正和满屏的电路图做着斗争，忽闻有远方飞鸿来至，混沌的心霎时被一阵欣喜点燃。

读信的过程很美。秀气中夹带着豪迈的字迹引领着读信人穿越思想的隧道，抵临友人的心境。喜悦时即使再简单的词汇也被赋予了非同一般的色彩，忧郁时字里行间都喷洒着无形的泪滴；激动时言语中可想象她手舞足蹈的样子，困惑时字句中可见她秀眉紧蹙的模样。真可谓，读友一封信，会其一番心。

写信的过程很美。泡上一杯淡茶，点亮一夜灯光，摊开一张白纸，然后坐下来任着文字将游动的思绪表达。不必似写文章般每一字每一句都得斟酌再三，不必刻意固守着某一种模式，你可以想到哪写到哪。情感的困惑，生活的体会，生命的追求，似泉水般汩汩而来。这时的心灵不是在与白纸交流，而是跨越了时空让我可以和远方的好友对话。这是多么美妙的过程啊！

寄信的过程很美。早已熟悉的那个地址跃然纸上的时候，眼前就浮现出一扇古老的挂着门牌号的红漆木门，门前面是绿色邮筒。写下友人的名字时，那张笑脸便十分清晰起来，好似这些年她一直就在我身边，一边对我微笑一边陪我走着。封好信封，贴上邮票，迫不及待地奔着附近的邮箱而去，然后小心翼翼地把信投入邮箱，才心满意足地回转。这难道不是一连串美丽的音符？

网络盛行的时代，电子邮件开始泛滥，不否认其方便性和快捷性，可是在那些冷冰冰的字里又如何能闻得到那淡淡的纸香，又怎能找到钢笔字里渗透着的鲜活感觉？

朋友的来信中写：喜欢给你写信，一点一滴放飞我的心境。也喜欢看你写给我的信，遥遥地想你巧笑嫣然的样子。

是啊，最美是书信，她让我们学会倾诉和倾听，使我们无论多么遥远的距离心灵依然挨得很近。只是通讯发达，生活忙乱的日子里，又有几人如我和友人一般鸿雁传书？现在如果你愿意，请拿出几张白纸一支笔，给你久违的朋友写封信，你一定会发现：最美是书信！

文字的遇见

同学说，你沉闷了十个月，一朝爆发不可收拾啊！

我说，就是因为沉闷了十个月，才迸发出这么多火花啊！

近一阶段来，我的想象好像长出了翅膀，变成了汩汩而来的灵感，然后用文字编织成美丽的篇章。我给自己建立了微信个人公共账号，我给母校的校友录微信平台投稿，我在各网站踊跃发文，那个极度爱好写文的我又回来了。

因为微信公共号的新建，我就像打了鸡血一样浑身充满了热情，每日更新一篇小作已经是我每天里最期待的事。于是，朋友圈里每日都会有我的新文发布，我享受着朋友们的赞美之词，也欣喜着每日关注人数的增加。在这样充实的日子里，我还和母校公众平台的小编联系，给他发送我的作品，顺便可以在母校的校友会公众平台上推送我的公众号。

严学长是在母校西电发布《暖》这篇文章的时候发现我的，因为文章后面有我的自我介绍，兰溪人，在北京工作。于是，他把这篇文章转到了"兰溪人在北京"的微信群，而我又恰巧看到了。我非常惊讶地问，"咦？你怎么会看到这篇文章？难道你是那个毕业后去了杭州的严学长？"学长回复，"是我，好巧，我就觉得文章作者的名字很眼熟"。我刚上大一的时候，严学长已经大四，所以很快他就毕业去了杭州。他毕业后，我还收到过明信片，上面留了他在杭州电视机厂的工作地址和电话，不过也没怎么联系过。感谢文字，二十几年不曾有音信的两个人，因了这篇《暖》的文字，又重新有了联络。

一位中学校友在我的公众号留言，"好久没联系"，然后留下了我依然熟悉的名字。她说，"没想到你在自己爱好的领域走得这么远"。十几年前，因为一起混水木清华的文学版，偶然的机会得知她竟然是我同一年级隔壁文科班的校友，觉得缘分真是那么巧。后来，因为水木清华 BBS 服务器更新过，账号也重新注册过，所以毕业后就失去了联系。而今，因为我纪念母校八十华诞的一篇回忆文《兰一中，三年学海梦起航的地方》，在校友圈里的广泛流传，于是传到了她那里，她的一句"同学，原来你在这里"让我很是感慨，心海中有一种失而复得的欣喜。

我没有预料到《六个馒头》会有如此大的宣传效果，截止到现在，点击量已经超过了 2000。网络的传播如此之快，使得我的文字广为传播，老同学、新朋友都纷纷给我留言。感动着你的感动，我们的心灵在同一个水平线上，汲取着正能量的营养。一位高中同学写下评语，"文章的前半部分简直读不下去，对于我们这样经过二十年世俗社会深度洗礼过的心灵，每一个字眼每一句朴素的语言都清脆而沉重地敲击着深处的心弦"；还有很多朋友在公众号里留言，"感动于你的文字，仿佛可以触到你内心的柔软"；一位大学博士导师，我相同专业的师兄，"你的文章太令人感动了，从此是你的粉"；一位小学同学在我的公众号留言，"我是你的小学同学。你的文章在家乡传遍了，大家都问倪慧娟是谁。"小学毕业那年，应该是 1988 年吧，离现在已经有 28 年了，如此漫长的时光隧道里，我早已忘记了小学同学的音容笑貌，也忘记了那些同学姓甚名谁。如今，通过文字的平台，竟然又搭起了桥梁，真真是令人觉得不可思议。

　　同学给我转发了一篇文章，告诉我那是一个和我同为电磁场与微波专业硕士的才女写的，加了公众号"末末书屋"，细细品读师妹的文字，原来那个从华为离职写了《华为故事》被广为流传的作者就是师妹末末啊！好一个"你纵虐我千百遍，我亦待你如初恋"，写出了一个理工科女在华为的心路历程。很高兴又结交了一位才女，师妹公众号的文章更新频率并不高，但篇篇皆为精品，人气很旺，好一个文采斐然、有广度、有深度的末末。师妹如今离职在家，安心地做起了全职妈妈，打理家务、教育孩子、静心读书、码字写作，她所写的有关全职妈妈系列文章赢得一片好评。她的"真的不想为了更新而更新，制造垃圾文字"让我触动很深，她在文字上的广度和宽度都是我所不能及的，她为文字深度思考的坚持值得鼓励和赞扬。选择全职妈妈或职场妈妈，每个人都会有自己的考虑，心有乾坤，便能安然。也祝愿师妹在文学道路上越早越远，走出自己的天地！

　　还有那些从古岚文学网站相识，并一起在文字里度过几个春秋的文友们，你们精彩的编按让我欣喜，你们优美的文字让我倾心，你们给我指出写文章时容易犯的失误，你们在我烦躁时给我的建议；还有故乡一群并未谋面的乡亲，你们的赞美让我很是感动，你们的关注让我很是欢喜，你们发来家乡的照片让我回味无穷……

　　结识新朋友，迎来老朋友，文字的桥梁搭起了又一片天地。在这片天地里，我为教授粉丝而自豪，为写友知遇而温暖，为故交再遇而感恩。文字里遇见你，我很欣喜，我想对所有的你们说一声谢谢，尽管有些矫情，但确实是真情实意，请所有看到此文的读者们接收，"文字里遇见你，我很欣喜，真心谢谢你们的支持和厚爱！"

你在，我便心安

前些天，有位朋友发了一张话费照片，题记为：有了微信，电话都没地方打了！是啊，流行于全球华人之间的微信，几乎已经涵盖了所有年龄段的人群，小到小学生，大到六七十的老人，几乎人手一部智能手机，而微信一定是其中必备的软件。人与人之间的联络，缩小到那一个绿色的一方网络，联络空间缩小到了朋友圈的发言和微信的聊天。

自从有了微信，长途电话少了很多，曾经和亲友一聊几十分钟甚至一个小时的电话，都被微信视频聊天所替代了。朋友间有什么事，都会在微信里直接发个信息，平常没事的时候就朋友圈或群里面互动一下。点个赞、发个红包、问个早上好，经常地出现在网络上，是一件让人很安心的事。因为，这样的互动让我们知道，朋友们一直还在。

我曾经因网上预约上门美容认识了一位杨姐。那时候，我经常在微社区里发表文章，杨姐看了很是喜欢，于是，就相互加了微信好友。后来，我因为怀孕便不再预约上门美容，也就不再群里发言，再后来就退了群。因为加了好友，联系就成了很方便的事，她会经常在我的朋友圈评论我的文章，看到她赞美的语言我很开心。再后来，我建了公众号"低吟浅唱"，开始经常性地发文章，却发现几乎大半年的时间她都没有任何评论或点赞，好像从我的微信朋友圈消失了。我翻了翻她的朋友圈，这半年时间她的个人相册也没有发任何内容啊。我心里直打鼓，"把我从好友删除了？"还是，"出了什么事，从微信上消失了？"最后，还是鼓起勇气给她发了信息，"杨姐，我是那个喜欢写文章的小倪呀，咋最近很长时间都没您的消息了呢？是出什么事了吗？"发出消息以后，心里总是有些不安，可是又别无他法，就只有等回音了。到了第二天，杨姐终于给我回了信息，果然是这大半年时间，她的父亲生了病，她长期照顾父亲根本顾不上微信了。而我发信息问候她的时候，已经是她父亲去世一段时间了。

类似的情况也在同学之中发生过，朋友圈没有互动消息、同学群里不见她发言，突然就悄无声息了。这时，我甚至想，"我该不会什么时候无意中说错话得罪她了吧？"文字没有温度，也没有呼吸，很容易导致双方理解的不一致，这种无意中说错了话也是会发生的。为此我惶恐不安，于是又去查阅她的个人相册，发现她的朋友圈有个把月时间一个消息都不曾发过，又觉得也许她有什么事。于是，忐忑不安地发一个问候信息过去，直到她回复，"最近有些忙。"才把心又放回原处，轻轻地敲下"那就好"，我如释重负。

我关注师妹末末的公众号很久了，她虽然没有像我一样每隔一两天就会发一篇文章，但通常一周左右就会推送一篇原创文。相互关注对方的文字，也渐渐成了习惯，直到我发现有段时间她的公众号一直没更新。我心里的疑问又像泡沫一样冒了出来，于是又忍不住发了微信去问，才知道，原来是她出了一点小意外正在休养中。接着，她的公众号恢复了正常的发文频率，回到了正常的轨道。

慢慢地已经习惯了微信上的互动和联络，若是长久没有音信，打破了这习惯，会让人心里感到不安。大概这也是因为对友情的在乎吧，如果不在乎，谁又会去关注那些细节呢！微信，已然成为了那一个可以随时联络的平台，人与人之间的联系也越来越紧密，你若还在，我便心安。

同学聚会的温暖

有一种关系叫同学，有一种温暖叫同学聚会。当阔别 25 年之后的同学再次相聚，那些青春故事便留在了你我脑海。

那条叫作梅溪的河流，承载了我们青葱的岁月；那已经老态龙钟的樟树，见证了我们欢乐的少年时光。

时光，对每个人都是公平的。你的 25 年，也是我的 25 年。25 年前，我们在这里分手告别，奔向各自的人生道路。如今，我们选择相聚，共同回忆那些年、那些人、那些事……

我们曾经一起在溪水边脱了鞋子泛水花，我们曾经一起奔跑着爬上校园旁边的小山坡，我们曾经列队前往高山摘下漫山的杜鹃花，我们曾经在操场上一起看《妈妈再爱我一次》，我们曾经为了一根樟树的树枝和村民们据理力争，我们曾经躺在高低双杠上谈天……

许多的故事已经落幕，许多的往事已经飘散。最美的年华，在时光隧道里永恒，在心里回放。开过的小玩笑，捉弄过的同学，课上的小动作，课间的你追我赶，都成了我们回味的主题。

如今，老校园已几乎不再留下当初的痕迹，仅仅剩下的初一教室恐怕也很快拆的一干二净。唯有记忆，存在我们的脑海……

许多人，走在大街上，一定不敢贸然上前相认，因为时光已改变了青春的模样。25 年，对于短暂的一生来说，时间真的过于久远了。以至于，大家彼此需要用很长的时间，来回想那些已经遗忘了的名字和过往。

幸好，我们有约。握手、拥抱、深情地喊出名字，现场火爆等级一再攀升。熟悉的，仍然可以叫出名字；遗忘了的，被提醒之后惊讶地张大了嘴巴。瘦了、胖了，容貌到底还是有些改变的，25 年的岁月，不知不觉都在我们身上刻上了时光的烙印。

这一刻，我们只是同学。家庭主妇也好，公司老板也罢，都曾经有过相同的时光。不必介意如何介绍自己的身份，哪怕简单如一个名字，一样也会回应热烈的掌声。

那两个爱跳霹雳舞的少年，如今已不见当年的身手；当年内向不爱说话的少女，如今已在人群中侃侃而谈。变了的，是当时的性格缺陷；改变的，是当年的身高体重。不变的，是在回味中让往事逐渐清晰的同学情谊。

在老师问一位同学是否有军衔的时候，他是这样回答的："有是有的，但在老同学面前，中尉上尉无所谓，大校上校都无效。"是啊，我们是同学，同窗三年的友谊依然还在。不论你胖了还是瘦了，不论高富帅还是矮穷矬，不论天南还是海北，不论你高官在身还是平民百姓，我们都是曾经一起读书一起自习一起唱歌一起出操的同学。

有一种相遇，叫同学聚会，是岁月中的一场典礼，纪念我们的青春，刻写我们不变的同学情谊，温暖着我们的时光。不管是初中同学、高中同学抑或是大学同学，同窗的情谊都一样的深厚，每次聚会都会在酒杯交错之间，往事的情节便在你一言我一语的话题里一一展现，感谢生命中的每一次同学聚会，让我们还能继续回味青春，并可以一起展望美好的明天。

再见依然是朋友

一位离职的同事，离开之前发了一首"难说再见"的 Mp3 给大家，以表达自己离别的心情。不知道为什么，我竟然放任那封邮件躺在邮箱里一直不曾听这一首歌，直到一拨又一拨的人们在离开，直到心里突然被失落感所充满。打开 Mp3，听着这一首成龙等歌手演唱的"难说再见"，突然很想写一写离开了的那些曾经非常熟悉的同事，那些离开了依然还是好朋友的兄弟姐妹。

不知道从什么时候开始，我养成了把大家的离别邮件保存下来的习惯，那些离别的邮件里有离别的惆怅，有发自内心的感激，也有一起工作的片段回忆。这一些都让我感受到了非同一般的情谊，不失温暖也不做作。当然最重要的是邮件里有大家的联系方式，或许哪天突然有了联系的欲望，一个电话也就打过去了，联系起来也的确很是方便。每个人离别的邮件是不一样的，有简洁的，有抒情的，但第一句似乎总是不例外"因为个人原因，我即将离开公司"，离开，是新的开始，尽管这里的回忆也许充满温暖，这里的友情也许是毕生的财富，但每个人都有追求自己未来的权利，在得与失之间，都会做出自己的选择。所以，在我看来，离开不是一种罪过，更不是一种背叛，那只不过是一个新目标的开始，是对自己人生规划的一个重大决策。

因为有联系方式，即使离开了也不觉得疏远。有些同事，因为下一份工作是器件商，和还在公司的我们有业务上的联系，还是能经常见到；有些同事，去了很远的城市，只有出差的时候才有机会见上一面；有些同事，去了竞争单位，因为各自的服务对象不同，不再聊工作上的事但依然还有话题。

经常在不经意的时候发现有熟悉的身影在公司楼下的会客厅坐着，于是上前闲聊几句，有些时候也相约着一起吃饭。有时候因为项目上的问题，也会就某个器件的应用展开讨论，那种感觉似乎还是一起工作的同事，为了同一个目标而努力。看到熟悉的人由原来的休闲装换成了职业装的时候，心理上会有稍稍的不习惯，但一旦开始讨论问题那种不习惯的感觉就荡然无存，毕竟是曾经在一起为同一个项目摸爬滚打过，彼此之间还是熟悉的，连讨论问题的思维方式也并无太多的变化。尽管站在不同的立场，但把项目做好，找到器件的问题的想法是一致的。因为曾经是同事的这一层关系，沟通就不再是障碍性的问题。这样的老同事有很多。

有一次春节的时候，好热闹的我还组织了几个年龄相仿的老同事聚会，大家拖家带口的坐在一起，哪里还有竞争对手的感觉。当然敏感话题自然是要避免的，作为同是通信界的一员，技术方向、通信未来等问题的讨论，倒也不妨碍竞争关系的存在。因为年龄相仿，除了工作之外话题很多，亲子教育、健身娱乐、新闻时尚、未来目标等都是可以展开的话题，因为熟悉，不必生涩，本就不怕没有话题。常言说得好，朋友多了路好走，多建立联系的渠道，多多沟通，也是朋友间相处的一种方式。

通信界说大不大，来来回回其实也就那几个公司，不经意间碰到是常有的事。安捷伦的无线测量大会，通信展，全国微波会议等等诸如此类，只要还在这个行业，总是还会碰见那些已经离职的同事。碰面了或者交换个名片，或者聊聊过去的工作，总让人为此唏嘘不已。就在前些天，应邀参加爱人同事的聚会，席间碰到曾经在大唐一起工作过的老同事，如今她已经是我爱人的同事，谈笑间问起大唐的老同事，好像过去的日子从不曾远离过。而我们的下一代，活泼而调皮的孩子们早已经抱成一团，你追我赶好不热闹，到了分别的时候小哥俩恋恋不舍，生怕以后见不着面无法再一起玩乐。就这样，曾经的同事关系，升级成朋友关系，然后又延伸到了下一代的友情里去。

还有一些离职的同事，因为加了微博或 QQ 好友，总能在网络上见到，联系起来也就十分方便。也因为网络平台的便利性，沟通便不再有距离的限制，也就很方便地能了解到他们的日常工作和生活，一个留言、一条私信、一个评论，在网络之中，在同一个平台上，他或她似乎从未曾远离。

曾经听说，一起工作的同事因为利益冲突很难有比较真挚的友情，现在想来，这道听途说的道理多么不堪一击。还记得我编辑的栏目《岁月如歌》之《2003 年的回忆》那篇文章，已经是营销大客户经理的作者蔡宝忠专门抽出了其中一个章节来描写同事们之间建立的深厚友情，不管是否已经离开大唐，哪怕已经成了竞争关系，其中的情谊却不曾减弱。这种感情来源于一起工作的时间里互帮互助的友爱，来自于项目事务中同喜同悲的情意。

朋友，有很多种，曾经的同事关系也是其中的一种。因为一起工作的日子里，一起拥有过许多共同的记忆，一起分享过许多共同的喜怒哀乐，所以建立了深厚的感情，即使不再在同一个公司里工作，依然是朋友。一起在同一个公司工作过，本身就是一种缘分，茫茫人海，从陌生到熟悉，从矛盾到理解，总是有着这样的过程。天下没有不散的筵席，尽管难说再见，但因为是朋友，我们依然还会再见，这样一想，内心似乎就会平衡很多。无论身在哪里，也不管是否服务于不同的公司，只要真感情还在，就永远都会是朋友。

第四辑　温柔华年

生命的乐章，
在锦瑟华年里淙淙作响。
那些年华里的温柔、思念、梦境，
都仿佛含着岁月的迷香，在年华里沉淀。

温柔三章

1. 微笑

我喜欢以微笑面对生活，面对生命。

生命之舟在生活的海洋航行，总会有逆风的时候，如果你用微笑做你的风帆，用信念做你的船桨，你会发现，大海将热情地将你拥抱。

我喜欢以微笑面对友人，面对离别。

看过多少悲欢离合，情切切兮，亦凄冷。微笑是点燃生命明灯的火炬，在无数个灰蓝的日子，伴你起程，伴你远行。微笑是一座桥，过了悲伤岁月的寒冷，架起幸福的灯塔。

我喜欢以微笑面对误解，面对责难。

人与人之间难免会有牵牵绊绊，微笑拉近的不仅是目光与目光的距离，还有心与心的空间。

2. 邂逅

茫茫人海中，遇见了你。

我们是大海中两叶巧遇的小舟，在同一时刻，同一地点，迸发出同样的热情。你赠予我一片目光，我赠你一个微笑，然后挥挥手奔向各自的征程。

邂逅是一种缘分。

　　既然注定在这里相遇，我们都珍惜短暂却美丽的瞬间。走过之后，或许我们都会将对方忘记。相遇，只为填满前世留下的空白。然后，在今生去完成自己的夙愿。

3. 相爱

　　梦了一生，等了一生，终于可以涉过相思河，在人世间与你相爱。

　　我并不美丽的容颜因你而灿烂，柔柔的月色泻了我一身，像你的手轻柔地抚过我的脸。夜色下你的轮廓，成了我借以依靠的山，你的眼神是我今生的港湾。

　　问天何时老，问情何时绝。抬起头看天，天未老，低下头念情，情未绝。于是开始相信，你是前世今生月下老人给我系上的另一半。脉脉含情从此有了支点，微笑地注目你的方向，坚定不移。

海之梦三章

1. 梦海

海浮上来了，在我还没有清醒的大脑里。

海浪席卷而来，我看不清它的颜色。我也成了波涛中那朵不起眼的小浪花，在属于自己的天地里自由地随风起舞。

漫天的蓝色，阻挡了我远望的视线。

我不是海的精灵，不能跳跃于碧海蓝天之上。我渴慕海的女神，可以在世人景仰中永存；我向往海的博大，多少河流奔你而去。

远远的沙滩，在繁忙的岁月中金子般的笑容随处可见。

我亦笑着，在午夜的梦里，在我想象中的画面里——我是海中那条玫瑰色的鱼。

2. 看海

终于有机会一睹在梦里想了千遍万遍的海了。

青岛的海，离我的梦很远很远，可是它走进我的眼睛，停留在我的心灵深处。

战栗在猛烈的海风中，海的精灵不断地呼啸着。它远比我想象得要狂热，一次又一次拥抱了同样激动的人群。

我却沉默了，在大海蔚蓝色深情的眼睛里。

波浪吻着我的腿，时而轻柔时而猛烈，像一个顽皮极了的孩童，不断地换着花样。海水有些凉，在夏日的午后却似丝丝清泉。虽不是沁人心脾，也可为我驱除夏日的炎热和烦躁了。

在长长的栈桥上，举目远望。

层层的波浪，迎面而来，拍打着岸边的礁石。浮动着的白色泡沫，在沙滩上冲击着孩童的脚踝，他们兴奋地叫着喊着。而远处水天相接，已成空灵的使者，驱动着整个海的蓝图。

我的大脑开始不听使唤，我笨拙的手笔已无法描述海的生命之美丽，仅在游人重重叠叠的足迹里感悟——海的热情在每个人的心中。

3. 问海

火车一路将我带离青岛，海也渐渐远去了。

而我逐渐停息的思维在火车撞击铁轨的声音里，又开始活跃起来。

博大的大海，你可曾经历平凡的渺小？你胸膛的水珠可曾抱怨未能做一个顶天立地的人物？

热情的大海，你是否也有寂寞的时候？当人群散去，长夜里，你将如何停歇你的脚步？

深情的大海，你是否也有爱与恨？你用你的美丽迎接游人的到来，又用你的善良送他们离去。

海浪声声，海鸥阵阵；这是你的回答吗？

当夜幕再次降临，我沉沉睡去，在海留给我的怀抱里，我安心做一个平凡的人，与世无争。

爱之语三章

1. 思念

暮色迷离。

是谁把落日染成缤纷的色彩，又是谁在五彩的梦里张望。

晚霞的绚丽与牧童悠远的笛声，是被晚风吹落的坚果，将爱与思念射向远方的佳人。

而真情与眷恋，在夕阳的咏叹调中成一幅永恒的风景。

2. 望夫崖

刻上了永世的爱恋，成一幅坚贞的风景。

魂牵于此，梦系于斯。

在世人的感叹声中，无畏地守候。守候相思河畔不归的爱人，相思河涨水了，没有船将他载渡，于是流下的泪在山涧成一泓清泉，站立的身躯，在风雨中搏斗。

3. 等待

斗转星移，日复一日；岁月匆匆，今朝成昔。

而我注定要在前世今生里等待一个流浪的归宿，即使风霜雨雪，即使严寒酷暑。我终将等待，等待生命中你的到来。

当空气也开始腐烂，当阳光也开始黑暗，你将是我赖以生存的空气和阳光。

为了真爱，等待一万年不长。

纵使我的视线成茧，一层层将我束缚；纵使我的影子拉长成孤单的雨燕；纵使我干渴的灵魂成虚无的幽灵。只为，前生曾经许愿：

只为，那一份真爱！

锦瑟年华谁与度

"锦瑟无端五十弦，一弦一柱思华年。"

锦瑟，寓意着最美好的金色年华，心灵正轻巧，青春正芳菲，想必那是一段共织爱河的华年，卷书帘，喜相逢，双手牵起情一段。年少芳心初绽，喜得儿郎青睐，共约桥畔话思念；肩并肩，心相连，花前月下多眷恋。只愿天不荒地不老，青春共度不相怨。可哪知，终有一日，情归处，藕断丝难连，离去的背影终不见。落下一地泪，不似黛玉葬花悲情难捺，但也落得一片芳心无处寻，恐得岁月悠长疗情怀。

"锦瑟华年谁与度？月桥花院，琐窗朱户，只有春归处。"

再遇良人，时光流转已数年。卸去了年少无知的纯粹，学会了用社会的眼光来看待爱情的开花结果，用世俗的眼光来打量对面的人，让冷静和理智控制情绪。对或错，已无法分清，至少已懂得门需当户需对，至少已明白平淡是福相惜是幸。不求惊天地泣鬼神，只愿白头相老共时光。于是，心甘情愿步入婚姻殿堂，宣誓言开新篇，从此人生不孤单。如今若再问，锦瑟年华谁与度，心有戚戚焉，自是与你结婚生子的那一位。手相携，心相印，且让自己的选择坚定一起走向后半生的信念。

"莫问情归处，惜取眼前人。"

似乎也无法保证，在生命河流中还会遇见心动的一刻，也无法保证情感也会有起伏的瞬间。听多了婚姻破碎的故事，也见多了感情破裂的始终，或许有令人心痛的错误经历，或许有不得不背道而驰的理由，但这样的结果终究不是我们的初心。抛开人性的善恶，撇开人生的责任与背负，婚姻的那另一半早已刻入你的生命。如何珍惜眼前人？敞开心怀，接受批评；共同进步，一起面对；学会理解，善于包容。每一个四字经，都是婚姻箴言，努力去做，总会有幸福的回报。

人的一生，虽不能保证每人如此，但恐怕大部分都会经历几段情感纠葛。至纯至真的初恋，最后真正走到一起的又能有几对，更别提无疾而终的暗恋了。有人说，"在对的时间，遇见对的人，是一种幸福；在对的时间，遇见错的人，是一种悲伤；在错的时间，遇见对的人，是一声叹息；在错的时间，遇见错的人，是一种无奈。"不曾经历，又怎能知晓哪位是共度一生的良人。所以，在悲伤、叹息、无奈之后，才能找到幸福的彼岸。

谁能共度相老，是命运的安排，也是坚定信念的支撑。多少锦瑟年华，在牵手中度过。春花秋月，夏雨冬雪，共读季节更换同享岁月繁华；岁岁年年，斗转星移，共惜昼夜更替同读生命精彩。即便人到中年，还能大手牵小手一起散步；即便人到老年，还能白发苍苍地笑眼以对。莫问情归处，锦瑟年华谁与共，祈愿天下所有夫妻恩爱到白头！

岁月的声音

梦中几番倾听风铃划破岁月的声音，叮当入耳其音不绝。

爱极了如女子般风情万种的风铃，或绰约动人或玲珑巧态，而在其或婉转或清脆的音调中，恍觉自己也是风情万种的女子，在人世间寻找着最珍贵的感情，这些年来，风铃仿似我的红尘知己，陪伴着我走过了几度春秋。

大二的那年，收到远方一位好友的礼物，打开来竟是我所最爱的风铃。一只翩翩飞舞的蝴蝶下悬挂着金黄色中空的细管，偶有微风拂过便撞击出清脆的声音，夹杂着朋友的牵挂和思念，使我不由对此好友徒生几许感动。寒假的老同学聚会，却因为一件小事吵得面红耳赤，大有老死不相往来的样子。回到学校，再听床前风铃依然清脆的声音，却已物是人非美好不再。迁怒于风铃的我掰断了蝴蝶美丽的翅膀，随后和垃圾一起终究逃不过粉身碎骨的命运。单调却清脆的声音永远地画上了句点，间或想起那残缺的蝴蝶无法飞舞的忧伤，心便不觉刺痛了一下。

蝴蝶风铃的结局并未改变我对风铃的钟爱。大三，街上流行着一种彩编风铃。于是搜寻着彩纸的同时又拜师学艺，终于自编了粉红风铃一个。风铃由一系列的幸运星和双叠彩花构成，每一根丝线上除了参差有序的幸运星还有彩花一朵，最底下才是铃铛。蜿蜒而成的 S 型风铃虽不能发出婉转动听的声音，却极其妩媚动人，也因此使我博得了心灵手巧的美称。大学毕业，我把它送给了远走他乡的姐妹，她细腻动听的声音曾多少个夜晚抚慰过我，也只有这在床前陪伴我多少个日夜的风铃方能见证，也愿我亲手制作的风铃去见证我们的未来分享我们美丽的情谊。

后来，大学毕业顺利上研，相知的朋友们陆续送过一些风铃，风中缓缓而来的音乐依然传递着真诚的友情。我一直保存着这些千姿百态姹紫嫣红的风铃，随手撩起，朋友们的音容笑貌便展现其中，夜以继日地陪伴着我。

再后来，为了一份真挚而火热的情感来了北京。在所爱的人过生日那天，我逛遍附近精致的礼品店，成堆昂贵却俗气的礼物中我没有停下脚步，忽有风吹过，叮叮当当的声音再次俘获了我的心，于是奔回宿舍拿出久违了的彩纸，用我的双手去为我的所爱制作一份美丽多姿的礼物，让风儿带去我所有的情感和牵系。天蓝色的风铃，挂在他床前，就像空阔的蓝天下我天使般的眼睛深情地注目着这份来之不易的爱。而风飘荡起岁月的温情，囊括了我和他的爱情，在人生旅途中向着同一个方向前进。

轻风吹过，这串串的风铃便用清脆婉转的声音诉说着岁月的变迁，仔细倾听，走过的旅程便有了抑扬顿挫的声音，便有了喜怒哀乐悲欢离合的变调。

彼岸花语淡淡伤

从前有一个传说，一位相貌丑陋无比的鬼爱上了一位美丽可爱的姑娘，可是因为他实在太丑了，姑娘压根就看不上他。出于爱的占有欲，这个鬼就把这位美丽的姑娘囚禁了起来。后来，来了一位勇敢的武士，他救出了姑娘并爱上了她。与此同时，武士用剑杀死了鬼。鬼的血四溅在杂草中，一种红黑相间艳丽无比的花就绽放开来，这种花的名字就叫作"彼岸花"。

从那以后，彼岸花便开在了地狱中叫作"忘川"的地方，那里是死去的人忘却今生情缘转身投胎的地方。所谓"忘川"，便是要把前尘往事忘记的一干二净，从此一切情缘了结，不再会因执着的爱而葬送自己。于是，彼岸花成了黑暗的爱情使者，因为它见证了一段因爱而死的黑色事故。

还有另外的一个传说，也和彼岸花有关。传说人死后都要先经过鬼门关，然后走上黄泉路。这条路上，盛开着大片大片的彼岸花，艳丽的血红色铺满一路。彼岸花，一种花和叶盛开在不同的两个季节的花，花叶两不相见，生生相错，如一场诀别的爱恋，再也不回头看一眼对方。

原来这就是彼岸花啊！美得令人惊艳，又让人心碎。细如丝的花瓣，是情殇的剑吗？要把那三千根情思斩断。红得如赤焰般的颜色，是心头血染成的吗？要把那前尘往事遗弃千年。

"彼岸花，开一千年，落一千年，花叶永不相见。"是谁的彼岸隔着一个世纪的距离？是谁的彼岸跨越了太平洋的空间？是谁的彼岸在天与地的轮回里不舍？依然没有结局的爱情啊！

这个季节，吟唱在夏季里的忧伤，和彼岸花一起黑暗、彷徨，又有多少情殇遗落在岁月河流中。他曾踏月而来，而你已不在，错过花季的彼岸，错过关乎爱情的霓裳。有些人，跨不过爱的彼岸，注定了一辈子只能一个人走。

风吹过，彼岸花的花瓣上，蝶舞依旧。对于美丽的追求，似乎永不停歇。蝴蝶的青睐，是为成全花的一季艳丽还是花的这一季哀伤？花开千年，心碎流年。纵算飞蛾扑火，也要成全一场没有结局的爱恋啊。相爱的最初，真真放了一颗炽热的心，奋不顾身地去爱，谁又能完全地看透那一个人，谁又能猜得到那一个结局。

"彼岸花开开彼岸，独泣幽冥，花艳人不还。尘世忍离谁再念？黄泉一路凝泪眼。叶落花卉花独艳，世世轮回，花叶空悲恋。莫叹人间魂黯淡，何知生死相怜远！"不知谁人写的这一首悲切的词，尘世纠缠深深恋，黄泉路上默默望；前尘望断凄凄念，彼岸花语淡淡伤。

秋的语言

1. 序

大雁飞过的高空，白云散了，袅娜的炊烟轻快地舞着，是秋的思绪。

果实熟透了的季节，农人笑了，孩子们的眼睛里满是惊喜，是秋的情怀。

落叶缤纷的世界里，老树哭了，啄木鸟却还在无休止地啄着他的伤痕，是秋的伤感。

鲜花开始凋零的公园，青草枯了，昨天还在打牌的老人们不见了背影，是秋的萧索。

秋季，带着她或悦耳或伤感或欢乐或凄凉的语言，走进崭新的一个世界。请你倾听，她的呢喃，呢喃着这个季节不断更改的多姿多彩。

2. 大雁

我看不清你们的眼睛，在明朗的高空里，你们是深蓝色的大海里翱翔的海鸥。轻颤的翅膀抖动了大海精灵般飞舞的水滴，是浮云的情绪。

你们又开始新的旅程，农家小院升腾而起的炊烟在应和你们的声音。悠扬的旋律，缓缓的舞步。我听不清你们的语言，在我的视线里，你们是和谐的前奏曲。一会儿排成人字形，一会儿排成一字形，整齐地飞翔在你们的舞台。

大雁飞过，秋季的窗口多了一双守候的眼睛，那是我童年的梦想。

3. 成熟

南方的镰刀又弯向了金黄色的稻田，光着脚丫子的农人露出黝黑的臂膀，写着岁月沧桑布满沟壑的额头正滴下反射着阳光而变了色彩的汗珠。笑容在他们的嘴角散开，在稻田的涟漪中扩大成生活的希望。

北方的挑担又伸进了熟透了的果园，北风噬啮过的脸庞也成了苹果的颜色。放学归来的孩童惊喜地流连在果园内，小小的书包盛满了对未来的渴求，懵懂的双眼与果园的兴旺交织在一起。

成熟的季节里，不同地域有着不一样的色彩，却拥有同样的希望。

4. 落叶

恍惚地开始飘落，在秋风中抖瑟，将记忆中的翠绿与辉煌写给历史。

曾经赖以生存的树枝消瘦下去，肥润的不再是知了烦躁的叫声和孩童顽皮地挂在树枝上晃悠的笑声。

一段生命的终结将是另一段生命的开始，从此踏入尘泥滋润着另外的繁华，当春天再次来临，你的笑颜如春。只是，谁将了解你过去的辉煌和今日的奉献。

有沉重的脚步踏过，你的身躯陷入泥土，将与大地的芬芳同在。

5. 凋零

鲜花枯萎的时候，女孩子的眼里写着惋惜，男孩子的手里握着女孩的心事。曾经的芳香已经碾作尘泥，不再温馨如故。

　　青草枯萎了的大地，曾经的欢笑已然远去，奔跑的视线里没有了天真的问题。而那梦幻似的眼睛里已经有了沧桑的足迹，年轮的更替，我们在长大。

　　老人的目光开始浑浊，生命走向另外的历史，而不老的记忆追随着。

　　凋零的是这个季节的萧索。

季节深处的歌

　　季节深处，飘来一首歌，不歌言语也不歌寂寞。只在碧波荡漾的湖面，泛起朵朵浪花。水上漂来一叶小舟，头戴斗笠的渔家女，传来了甜美的江南乡音，摇动着的船桨，是跳动的音符。

　　青山深处，回荡着动听的旋律，滔滔白云与雾霭共舞。山路上年轻的砍柴客，豪放的音域，传过绵亘几千里的山脉，在山那边，是否有一位美丽的姑娘将之收留。

　　海鸥飞处，海浪汹涌，水天相接的天际飘来几个白点。军号声响起，年轻的水兵又开始一天新的旅程，低沉的歌声随着海风飞向思念的人儿。

　　季节深处的歌，飘了几许，落了谁家？它可开了花，结了果？

年华

我知道，有一天，我的容颜将老去。

时光的蛀虫将我腐蚀成一块朽木，然后在风霜日晒中，化作尘泥，而我美丽的一生，也在岁月沉淀的沧桑中埋葬。

沉睡着的楼兰新娘，也许会在某天醒来，去拥抱千年的新郎，而我不能。我的身躯在泥土下腐烂，我的灵魂成一缕轻烟，随风飘散。

如果你是我的爱人，在我年华老去的时候，请将我们的记忆撒向天空，与我的灵魂一起歌唱。

因此，我永不孤独。

飞翔的翅膀

交迭的浪花泛着稀白的泡沫，五双快乐的手在水里游刃有余地划动，阳光随着浪花的起伏在水面扑腾，使波光粼粼的水面不断激起七彩的涟漪。欢笑在水面上升腾，覆盖了整个人生的所有记忆，又转化为层层的希望开始飞翔。

似一群排成一字的大雁在洁净的高空中翱翔，五个光着身子的男孩子在小小的木筏上交叠成整齐有序的一列，在浪花层起的水面齐心协力向着江的对岸前进。热情过度的阳光洒在他们黝黑的背上，仿佛抹上了一层沥青油亮地回射着反光。青春的气息笼罩着背景，在齐心协力的前行中，每个人的双手挥舞着的何止是浪花，更是人生不停息的脚步里永恒的坚定。

追逐着，欢乐着，翻飞的水花荡起一阵阵愉快的笑声，那分明是他们的舞台啊！巧笑嫣然的明媚笑容，连续击打水花的双臂，踏着水浪向前、向前！有汗珠滴落在黝黑的脸庞上，和着透亮的水珠，谁也分不清是汗珠还是水珠的洗礼，谁也分不清这欢乐的舞台是属于夏季还是属于童年。

此情此景，畅想着飞翔的翅膀，扬起希望的风帆，在属于年少的快乐里朝着既定的目标前进。江的对岸即是暂时停泊的港湾，仿如人生的一个驿站，激励着人们接近它。每前进一步，都是人生的阶梯，搭起美好明天的桥梁。

飞翔的翅膀，在挥舞的手泛起的水花里，扬起人生的梦想。

咀嚼欢乐

夏天不知不觉中来了，追逐着的花裙子和嬉戏着的赤着上身的身影又成了夏季一道独特的风景。

高空的白云悠悠地飘浮着，斑驳流离的影子恰似少女心事中的日记之扉页点缀着夏季里火样的热情，又似一张巨大的网将纯真的岁月罩在其中。高空下，一群烂漫的孩子们在矮山乱石丛中肆无忌惮地欢笑着，这欢笑又冲破了巨网，响彻了云霄，在整个空间里回荡。

他们的手中握着的是刚从哪家农田里偷摘来的西瓜，每一个人的嘴里咀嚼着胜利的果实。他们紧簇地坐着，四周还摆放着没有开吃的西瓜，诱人地泛着红色的光。想象着抱着西瓜放开步子奔跑的情形，他们便笑得合不拢嘴。两个比较年幼的小男孩毫无顾忌地将裤衩也脱了下去，脸上浮现出骄傲满足的神情，那嘟着嘴的模样更是可爱。因为欢笑使他们的眼睛几乎眯成了一条细线，视线所及的远方依然是那绿茫茫的瓜田奔跑的身影，一定还有另外的孩子们在重复着他们的过程，也重复着他们的笑声。那么清脆，那么响亮，好一个无忧无虑的童年啊！

如果静心倾听，他们的笑声正翻越山岗奔腾而来；你看，那黝黑的脸庞上绽开着的笑容多么地明朗和灿烂，仿佛世界所有的欢乐都已经集中在此了。那是美丽的童年啊，是你的还是我的，已经分不清。分不清又何妨，那些欢乐还在，记忆还在。

　　孩子们的世界总是如此纯净而天真，他们的欢乐总是那么地简单和真实。

梦也多情

山迢迢水迢迢，山水迢迢路遥遥；

情深深义深深，情义深深候佳音。

那些古老而动听的故事，那些久远而美丽的传说，那些涤荡心灵的浪漫传奇，似乎已经离我们的世界越来越遥远。年少的时候总是多梦，梦中的自己穿着白雪公主漂亮的礼服，梦中的自己穿着灰姑娘的水晶鞋翩翩起舞。那时候总以为，会有一位梦中出现过无数次的白马王子，牵着自己的手走进爱的宫殿，殊不知真正的爱情也同样需要生活的磨炼。到了少女时代，依然无所顾忌地做着梦，虽少却了那份孩提的天真，却也多了一份对爱情的渴望。那时候，迷上了琼瑶的文字，在为其中惊天动地的爱情故事所感动的时候，对自己的爱情也有了强烈的向往。

渐渐随着时间的推移，那些纯真的梦也越来越遥远，而我们已经被生活点滴磨砺。只是，在不老的情怀里依然还令人向往的是一段刻骨铭心的爱情，依然还在梦中徘徊的是有一位可以共度红尘的伴侣，年轻的心啊，在曾经孤独陪伴的岁月里对未来充满了幻想。你可以幻想你的那一半的模样，你可以幻想你的那一半走路的姿势，你甚至可以幻想他的笑容是怎样地令你着迷，他的眼神是怎样地温柔。有朋友来信的时候说，其实没有男朋友也好，至少你可以随心所欲地幻想，在幻想中你也依然可以是童年时代童话里的公主。

不知不久前认识的那位朋友是否依然执着地等待着，等待着与心爱的人一起走遍山山水水；不知那位自语为月光下取暖的女子是否依然在前行的路上，与月光做伴期待着她的月光爱人走入她的世界；不知远方的好友是否为了追求心中的爱情与父母做着顽强的斗争；这执着是年轻的梦中坚实的依托啊，使一颗心在漫漫征程路上充满了期待；这期待是年轻的梦中富有的内容啊，使一颗心即使走在孤单的路上依然执着地奔向前方。前方，或许就在并不遥远的前方，你心中的爱人正向着你大踏步地走来，于是似乎所有的等待和执着都有了意义。

当忙碌成为生活的主题，当疲惫的你踏入自己的小屋，年轻的你是否渴望着一个温暖的拥抱；当属于自己的周末来临，你是否渴望夕阳下与爱人漫步街头；那么你一定幻想着那坚实的胸膛给你的温暖，你一定幻想过夕阳下那幅温馨的图像。谁说我们的梦不美丽啊！正是因为这渴望，使你的心不会随着岁月而老去；正是因为这渴望，使你的脚步坚定地朝着同一个方向。

只要有梦，我们永远拥有一颗执着而年轻的心，向着路的远方，步履踏实而坚定。

燃烧的木棉

　　大学的时候，有一阵子特别迷恋孟庭苇的歌，买了磁带一遍遍地放，几乎学会了所有的歌。其中有那么一首《木棉道》，令我印象非常深刻，在歌词中那一句"红红的花开满了木棉道，长长的街好像在燃烧"，让我对能燃烧街道的木棉产生了极大的兴趣。是怎样的花，红艳得可以燃烧了一条街道？

　　后来读席慕蓉的《一棵开花的树》，几乎瞬间就被这优美的诗句所倾倒，那一棵树就是木棉啊！那是怎样的一棵开花的树，让一个诗人以如此虔诚的心在佛前求一段尘缘。

　　如何让你遇见我

　　在我最美丽的时刻

　　为这

　　我已在佛前求了五百年

　　求他让我们结一段尘缘

　　佛于是把我化作一棵树

　　长在你必经的路旁

　　阳光下慎重地开满了花

朵朵都是我前世的盼望

当你走近

请你细听

颤抖的叶是我等待的热情

而你终于无视地走过

在你身后落了一地的

朋友啊 那不是花瓣

是我凋零的心

从不曾见面的木棉，你是以怎样的魅力征服了诗人的心，让那诗句极尽赞美为爱情守候的坚贞。从此，我的心海里就有了木棉的一席之地，那是一棵树，它会开出满树艳丽的花，红得燃烧、艳得迷醉、美得耀眼。

只是，我一直不曾见过真正的木棉，红艳的木棉开在了我的心里，我极尽所能地想象着它的美丽。像仙女，可以倾洒人世间的美好；像少女，充满了爱情的坚贞；如梦似幻，悄悄地开在我美好的梦里。

四月初出差深圳，趁有片刻的休闲，便去广州探望导师。就在那风景幽雅的校园里，师妹指着一地的喇叭状的红花告诉我：这是木棉花。原来，这就是木棉啊！那样高大的树枝，毫无保留地拥抱蓝天；那么艳丽的红色，哪怕已经零落地掉在草坪上，依然像一团团燃烧的火焰。我终于理解了《木棉道》之中的歌词，一地落红、满是艳丽，那是多么的美丽啊！那一刻，我的心中涌起了诗人舒婷的诗句，木棉就是这样地征服着一颗颗向往美好的心。

我必须是你近旁的一株木棉，做为树的形象和你站在一起。根，紧握在地下，叶，相触在云里。每一阵风过，我们都互相致意，但没有人听懂我们的言语。你有你的铜枝铁干，像刀，像剑，也像戟，我有我的红硕花朵，像沉重的叹息，又像英勇的火炬，我们分担寒潮、风雷、霹雳；我们共享雾霭、流岚、虹霓，仿佛永远分离，却又终身相依，这才是伟大的爱情，坚贞就在这里：不仅爱你伟岸的身躯，也爱你坚持的位置，脚下的土地。

既坚贞又柔美的木棉，开在春天还未远离夏天还未到来的日子。枝丫上似是伸出了一只只小手，想要抓住美丽的春光；又似是张开了一张张明媚的红唇，亲吻着蓝天飘飞而过的白云。那一朵朵竞相绽放的花朵，如同披着太阳的光芒，艳丽得如同燃烧的火焰。无论开在树上，还是落在草坪，它都以绝美的姿态诉说着生命的美丽！一花一草，何尝不是饱含灵性的生命。走进南方，如果你看见了那一树绽放的木棉，请仔细倾听它呢喃的声音，如歌如梦，一如孟庭苇甜美的歌喉在清唱生命之歌。

春盼

　　这个冬天似乎蛰伏的太久了，草木枯萎、动物蛰伏、雾霾长在，让人身心疲惫。就连那偶尔出来散散步的太阳，也似乎毫无精神，透过云层的阳光显得那般有气无力，大概这就是冬天的慵懒状态了吧。这种慵懒似乎也影响到了我，固守在自己的一方天地里蛰伏，烦躁不耐、火气旺盛，让人不由自主恼怒异常。

　　没有厚厚的白雪降临的冬天，少了很多属于冬天的味道。前些天，不少南方的朋友在微信朋友圈里秀美丽的南方雪景，压在蜡梅枝头上的那一抹白，覆盖草地上的那一片纯净，山头上皑皑的白雪痕迹，美不胜收令人向往。可是，北京的这个冬天没有一场可以炫耀的大雪，为数不多的雪花也仅仅一飘而过，撑不起孩子们的乐园，也沉淀不了厚重的雾霾。于是，大家纷纷抱怨北京今年的冬天，

　　我讨厌这样的季节，锁在厚重的羽绒服里，不想探出头去寻找春天的脚步，不想用灿烂的笑容迎接春天的舞姿。可是矛盾的心灵又期盼着那绿色的枝叶悄悄地探出脑袋。好在，立春期然而至；黑夜变得不再那么漫长，阳光不再那么慵懒，春天的气息开始降临、心情开始雀跃、公园里的喜鹊开始在行人前迈步、小池子的鲤鱼开始肆意地游动了。原来，春天真的快要到来了。

　　盼啊，盼啊，春天终于在我们期盼的眼神里悄然到来。一冬的蛰伏之后，我们是多么渴望绿意盎然的春天啊！那青草的芳香沁人心脾、那春风的自然清新、那春花的摇曳多姿，让我们如痴如醉。脱下厚重的衣服、换上飘逸的长裙，跟随着春姑娘的脚步翩翩起舞，奔放的舞姿绽放着春天的美丽。迎春花的奔放豪迈、玉兰的欲语还羞、樱花的多情纵意、桃花的可人多姿、海棠的浪漫情怀，那迷人的花语吸引着游客的脚步，那娇婷的姿态抓住了相机的脚步。哦，春天，是多么让我们迷恋。

　　盼啊，盼啊，春天终于在我们踟蹰的脚步里飘然而至。我看见，灿烂的笑容如花般在春天绽放。孩童天真烂漫的笑容，奔跑在春天的草坪上；老人和蔼慈祥的笑容，播种在春天的土壤里；少男少女放纵肆意的笑容，倾洒在春天的嫩枝间；青年人沉稳热情的笑容，传播在春天的阳光下。哦，满含希望的春天，让我们的笑容多了一份明媚。

　　盼到了季节更换的春天，人生的春天又在哪里呢？在勤快的双手间、在忙碌的脚步里、在坚定的眼神中，这是属于我们的春天。不懈怠、不埋怨、不沉沦，人生的春天就在我们的信念之间。且让我们抓住每一次机遇，迎接每一次挑战，抓住属于我们的春天。

温柔的岁月

  不久前，在网上看到这样一段文字，"人的一生注定会遇到两个人，一个惊艳了时光，一个温柔了岁月。"是怎样的人，惊艳了时光，从此似乎满世界都是属于他的阳光？又是怎样的人，温柔了岁月，从此侠骨柔情岁月温暖？

  年轻时，似乎更喜欢那一个惊艳了时光的人。他像明媚而强烈的阳光，照耀着年少时光，让人毫不犹豫地投入其中。浓烈的情感、强烈的心跳，惊艳了那时懵懂而清纯的岁月。只是，太浓的情感，总是会让人无法长久地适应。当时光流逝，那份惊艳亦悄悄流逝，曾经的美好也已不再。

  所谓缘分，是在合适的时间遇到合适的人，从此，内心充实、时光美好、岁月温暖。所以那一个温柔了岁月的人，才是我们今生最美好的追求。网络上最近流行着这样一个名词，"暖男"。"暖男"，是温柔又有安全感的代名词。他是温暖地对待爱人的人，他是把爱人当孩子一样呵护的人；高圣远总是在周迅拍雨景之后温柔地递上一块浴巾，陈凯歌会提醒陈红穿上袜子否则会着凉。一件小事，足以温暖一颗心，平淡的生活中，这样的小事其实很多，如果用心灵去感受，那必定是温暖的。当然，爱情需要彼此相互的付出，一味地索取只会让彼此越走越远。有这样一则故事，也是在网上看到的，娇惯了的女方几乎任何事都要顺着自己的心意，连发个短信也要求男朋友必须在限定时间内回复，到了最后，男朋友忍无可忍，直接选择了消失。即使有所谓的"暖男"相伴，如果自己不给予同样的回报，岁月又如何长久地温柔下去。这么说来，爱情之中必须同时有"暖男"和"暖女"的存在，彼此共同付出共同温暖对方。从此，哪怕清茶淡饭，也是温暖的；从此，温柔的岁月牵绊着两个人，那搀扶的背影、那交握的双手、那依靠的时光，温柔了岁月温暖了心灵。

温柔的岁月，是用信任、包容筑成的一道墙，把猜忌、谎言、矛盾都隔绝在围墙之外。信任是这道墙的基石，把夫妻之间、恋人之间的情感牢固地打造起来；包容是这道墙的砖块，每一块都是岁月的见证。假如没有了信任和包容，时光会在无休止的猜忌和争吵中度过，岁月便成了混乱的时光机器，毫无温柔可言。

温柔的岁月，是用拥抱、呵护织成的一张网，把相爱、快乐、幸福都包围在网内。拥抱是男女之间的化学剂，可以催生温暖的感觉。当你寒冷时，拥抱犹如毛毯温暖了身体；当你哭泣时，拥抱是良药温暖了心灵。而呵护，则是爱的最好表达方式。让我们的生活中彼此多一些拥抱，温暖对方的身体乃至心灵；让我们的爱情多一些呵护，温暖彼此牵手的时光。

每个女人都期待着温柔的岁月，不需要惊艳时光，只需要温暖可靠的温柔岁月。温柔的岁月，显然是幸福的。幸福的日子，必定是温暖的。温柔与幸福，相辅相成。年轻时，彼此信任、依赖、呵护共同的青春，一起相守温柔的岁月。当我们白发苍苍、岁月的沟壑在脸上纵横交错，彼此还能依靠着望向远方，那才是我们毕生温柔的岁月，悠长而美好！

少年情怀总是诗

少年情怀总是诗，人不痴情枉少年。

让时光倒流回 16 岁的日子里，还是那样明媚的阳光，还是那样明朗的笑容，还是那样熟悉的旋律，像电影屏幕一样将一帧帧记忆剪辑回放。

少年时总有一种朦胧而醉意醺然的韵律在我们纯真的情感中。是偶遇时低下头的怦然心跳，是对视时含羞带怯的微笑；是同行时步履间的陶醉，是常常在背后不停地注目却又不敢走上前打声招呼的那个身影；是写满日记的那个名字，是分别时泪眼婆娑的那个背影。

少年时也有一种属于青春奔放而轻快的节奏在我们热切的情感中。那时候，喜欢就是喜欢不带任何偏见，不管学习的好坏地位的高低，不管他的长相和身高，更没有学历和地域上的限制。那种喜欢很纯很真，可以为之付出一切。

相信许多人或多或少有过这样美丽的少年情结吧！

有一个女孩子，她喜欢上一个追她好朋友的男孩子，为了不伤害好朋友，她只能默默地在心里喜欢。因为她性格豪爽，有些男孩子的个性，男孩子把她当哥们看待，约会也好写纸条也好总是求她帮忙，于是这个女孩子就在她所喜欢的男孩子和她的好朋友之间充当着信使，她的心也在备受折磨。但她从没有后悔为他们所做的一切，她说，喜欢一个人就是要让他快乐，那样自己也会快乐起来。多么纯洁而又多么勇敢的一份情感啊，遗憾的是当男孩子发现女孩子的感情时，女孩子已经上了大学远远地离开了家乡。那个女孩子是我的好朋友，其后又经历了几次爱情，但每每回忆起来总是对我说，尽管年少时的痴狂或许并不是爱，但却让人怀念。少年情怀总是诗啊，那些付出对她来说该是一辈子都美好的记忆了吧！

那年，我也曾喜欢上一个男孩子。还记得那嘈杂的站台，他送我上车，等他转身的刹那涌出的泪模糊了我的视线；还记得一同骑着自行车在山间小路上，一路上有说不完的话，为了能让这快乐的时间长久一些，我把车骑得很慢很慢；还记得十几页的书信里长长的思念，还记得黑夜闪烁的烟头下若明若暗的背影。少年情怀总是诗啊，那一些诗句在我心里一定吟唱了许多遍吧，却一直没有机会让他修改润色，于是一个人唱着独角戏终不能在一起。后来总是在不同的男孩子中间徘徊，以为自己在不停地喜欢着他们，却发现没有一个人真正地在我心里根深蒂固地保留下来，直到遇上我现在的男朋友，才发现原来爱与不爱同样是如此的简单。年少时的那段回忆淡了，年少时的日记也已不复存在，仅在回忆时那些风轻云淡的日子是那般美好那般令人陶醉。

谁没有过年少时的激情与浪漫呢？谁又没有过年少时朦胧而美好的那份情感呢？少年情怀总是诗，人不痴情枉少年，这诗句是多么的富有内涵啊！

青涩年华

　　某天早上在一堆的微博中看到了张小娴的一句话，"我到底是喜欢那个单纯地喜欢过你的我，还是怀念那时候那个年少青涩的自己"，心灵似乎被碰撞了一下，那些温馨的、无奈的、懵懂的时光就是青涩年华。

　　在合适的时光里做适合的事，这大概是人生最美好的时光通道了，所以青涩年华里的迟疑、不安、仰慕、自卑各种心情并不为过。不必为写不写情书而纠结，勇气应该是青涩年华里的武器；不必为一场暗恋而自卑，自信应该是青涩年华里的壁垒；不必为一段也许没有终点的爱情而迟疑，尝试应该是青涩年华里必经的道路；不必为拒绝一个人的求爱而不安，成长应该是青涩年华的代价。

　　或许那些仰慕也好，那些暗恋也罢，并不是真的爱情；或许那些感动也好，那些心动也罢，并不是真的爱恋。可是，那时候的我们谁又真的懂得爱情呢，谁又能料到将来的某一天是劳燕分飞还是相濡以沫呢！既然无法预料未来的结局，痛痛快快地投入一场，笑也好泪也罢，都是青涩年华的资本。

　　或许勇敢的结果是受伤，受伤之后是长久的疗伤，但是，总有一天，我们都会走出来的。到了那个时候，那些勇敢是时光的见证，见证了曾经的感动、曾经的心跳、曾经的仰慕。于是，勇敢、受伤和心跳、感动一样都是青涩年华里美好的青春记忆。

如果，正是一场值得拥有的爱恋呢？因为不勇敢、因为不自信、因为怕得不到完美的结局就退缩了吗？那岂不是白白失去了一次很好的机会。谁又敢打包票，走上社会以后能遇上合适的人呢！谁又敢确信，失去的那次机会和再也无法得到的那个人，会在将来的时光里重遇爱情呢！

有人说，再等等吧，我们都没有成熟，我们都不懂爱情。只是，等我们长大，等我们成熟，时光早已悄悄地溜走了，我们想要的过程也成为了一段空白。总有一天，时过境迁，一切都回不到起点。不负光阴不负韶华，在青涩年华里，别太犹豫、别太不安、别太逃避，勇敢地上前一步，大声地说出心里话，哪怕只是当时的感觉，也好过许多年后拥有的只是空白记忆。青春，就该是张扬的、勇敢的；青春，就该是明亮的、投入的。

每个人都会拥有青涩年华，也许有的人埋得深一些，也许有的人埋得浅一些，也许有的人埋在了心灵里，也许有的人埋在了时光中。人生太短，其中的每一个过程，都是值得回味的经历。青涩年华，单纯的喜欢和被喜欢，如同咀嚼一枚青春的橄榄，又酸又甜，回味无穷。

回首来时路

花开四季，年华更迭，转眼又过一个春秋。在人生道路上，我们出发、停留、又继续出发。心上的行囊，从轻变重、又从重变轻，把那幼稚的、纯真的行李都一一丢弃了，随之而来的是成熟和稳重。脚下走过的路，看过的风景，都成了我们心灵的烙痕，成为一种永恒，存放在我们心灵深处。或轻盈如飞在空中的羽毛，每一次随风飘动，都会刷过心底的一丝丝痕迹。或翩翩如挂在窗口的风铃，每一次叮咚作响，都会引起心灵的一丝丝悸动。来时的路上，究竟遗落了多少往事，那些热情奔放而又傲娇的美好日子，那些懵懂而又纯真的青春故事，那些嬉笑怒骂而又青涩的点滴时光，都遗落在岁月长河里了吗？

岁月的脚步轻轻挪移，它把我们的青春和梦想都打好了包，偷偷藏在来时的路上了吗？曾几何时，我们在爬满格子的作业本上郑重地写下心中的梦想，梦想在小小的心灵里是那样美好。你听，那一个个稚嫩的声音还在耳边回响：我长大了要当一个艺术家，用我最美的设计装饰我们的村庄；我长大了要当一名老师，把知识传授给大家；我长大了要当宇航员，飞上太空翱翔……那是少年的唯美希望，那是青春的铿锵梦想。可是，多年以后，又有几人真正实现了当初的梦想呢！梦想，怎么就如肥皂泡一样五彩缤纷却又随风飘散而去了呢！为了心中的梦想，我们也曾努力过吧。夜色下，白炽灯，苦读的身影；晨雾里，朝霞中，晨读的声音；瑟瑟寒风，奔跑的脚步；曝晒的日光，汗流如注……梦想曾是心中的那一盏明灯，点亮着人生的道路。在梦想明灯的指引下，走过的每一步辛苦却快乐。是啊，在打拼的道路上，谁不是跌跌撞撞走过来的呢！还记得第一次绩效考核的忐忑，还记得第一次职称答辩时的紧张，还记得设计中遇到困难的心灰意冷……这么多年的求学和工作生涯，那些汗水和泪水交织的点滴，我一刻都不曾遗忘。

人生却无法事事如意，努力过后能实现梦想的又有几个呢。在努力而又得不到之后，心里的行囊终于在迂回的人生道路上，慢慢放下了心里的梦想。在青春的港口稍做片刻停留吧，放慢急忙前行的脚步，等一等还在犹豫的心灵，让我们回归真实的世界，只要那一颗真心还在，遗落了梦想也没什么关系。人生的道路，终究不是只有那一座独木桥，这条路不通，我们还可以重新开辟另一条。爬不上这座山，我们可以绕过去，爬上另一座山。人生，没有人给你限定一种固定的生活模式，也没有人会给你铺好一条黄金道路。

路，终究是自己走的。跌倒了自己爬起来，不要期望还可以像小时候一样在母亲面前撒娇耍赖。社会，远比小时候我们想的更复杂。山路上也许荆棘遍布，人生的道路也是如此。哭过之后，要学会收起眼泪；痛过之后，要学会自我治疗。身上的疼，可以靠药物缓解；心里的痛，要自己去治疗。我们可以依赖亲情，让那份厚重的温暖缓解心里的疲惫；我们可以依靠友情，让那份真心实意的温情抚平心里的伤痕。但，脚长在我们身上，每一个脚印都需要我们自己去走。

走在中年的路口，默默回首来时路，也曾欢歌笑语，也曾痛彻心扉。青春的故事，还没有落幕，人生的电影还在继续演绎。愿你我真心如故，把那份不掺杂质的童真放入我们的心灵，把那份年少对梦想的执着填进我们的希望，把那份青春的热情写进我们的生命，踏实地走出每一步，风雨过后的彩虹，会是人生最美的风景。

第五辑　情调生活

生活，既可以是平淡的白开水，淡淡的却长久；

生活，也可以是浓烈的一杯红酒，浓郁而厚重。

情调生活，生活情调，在每一个日子里吟诵。

生活需要张弛有度

日子太清闲，便会多些空虚无聊，似乎胸腔里有痒痒虫在作怪，令人心痒难耐；日子太忙碌，便会多些疲惫劳累，似乎身体机能时刻在叫嚣着需要放松。无论哪一种，假如日子持续如此，长此以往，生活便会出现危机。寂寞无聊的，或许会迷恋上某种嗜好，从此沉迷其中不可自拔；忙碌劳累的，恐怕会病痛缠身，从此和医生药品打上交道。无论哪一种结果，都不是我们乐意见到的，那么，为了远离大家都并不喜欢的结果，我们的生活必须得有紧有松、张弛有度。

所谓生活，总得张弛有度，在起伏波荡的日子里，才得以享受人生带来的各种滋味。曲线之所以优美，是因为有波浪般的起伏；生活之所以美好，是因为张弛有度带来的感觉。

白开水喝多了，总想品一品芳醇美酒，来平衡味觉的丰富性，只有这样，我们的味觉生活才得以丰富多彩。山珍海味吃多了，总想尝一尝粗茶淡饭，来补充味道的多样性。长年的馒头加咸菜，谁也吃不消；经年山珍海味，同样会苦不堪言。多样的味道，刺激我们的味蕾，才能充实我们的感官并更加丰富我们的生活。

神经绷得太紧，总有需要放松的时候；工作太过疲惫，就需要给自己放一个假，去体验休闲带来的放松和快乐。看一场令人捧腹大笑的电影、听一场感动心灵的音乐会、安排一次轻松的旅行，身在此刻，紧张的神经不再压迫着大脑，才能体验到全身心的放松，才能享受到休闲时光里的快乐。

喜欢跑步的人，并不能无限制地跑下去，身体的每一个器官都需要休息；喜欢看书的人，并不能夜以继日地看下去，眼睛会疲劳视力会下降，这些都会影响到生活；爱唱歌的人，并不能每时每刻地唱着歌曲，嗓子会劳累胸腔会疲惫，需要靠休息时间来放松。张弛有度的生活，体现在每一个生活细节里，需要我们时刻牢记，切不可等身体吃不消了再来后悔，也不可为了某种嗜好浪费光阴。

大山的气势需要海洋的广阔来衬托，草原的广袤需要溪流的柔美来弥补，雪山的气魄需要森林的精灵来对应，庄严的寺庙需要城市的街景来对比。旅行，同样不能是单调的产品。丰富多彩的旅行生活，加速了张弛有度生活的波浪度，使生活的节奏更加富有美感。

沉迷运动的人，需要通过其他如看电影看书等娱乐休闲节目来缓解肌肉疲劳，以保持更好的身体机能；沉迷工作的人，需要通过或睡觉或旅行等生活来缓解脑细胞的巨大消耗，以保持更旺盛的精力；沉迷音乐的人，需要通过舞会茶话会等来放松神经，以保持更多的灵感来源。每一次放松，给了我们身心得以解放的机会，让我们可以从单调的时空中逃脱出来，让我们有足够丰富的经历书写更精彩的生活！

所以说，生活需要张弛有度，如此才能更好地把握我们的未来。

情调生活

在繁忙的脚步里，我们辛苦工作、忙碌生活，常常忘记了身体需要休息、内心需要抚平、情感需要护理。现代世界太过纷杂，常常令人心情烦躁；现实生活太过喧闹，经常使人内心浮躁；平常日子太过忙碌，常常让我们忽略了年华的美好。且让我们放慢脚步、放松心情，把时间编织成情调生活，让心平气和的空气填充每一个浮躁的日子，让平静安宁的内心充实每一天忙碌的生活。

情调生活，不是非得约上三五好友在酒吧或茶肆里小坐，也不是必须拿本书在咖啡馆里小憩；情调生活，不是非得花上一个半天的时间在美容院里做皮肤护理，也不是非得花上几小时在健身场所大汗淋漓；情调生活，不是非得走进电影院共度小资时光，也不是非得请上几天假到名胜古迹去旅游一番。那样的情调，自然会让人心情放松，但也很显然，在快节奏的时代，有时候空闲时间是一种不可多得的奢侈品。并不是所有人都有那么多的时间来享受这样的情调，那些被加班和课外班陪伴时间占据太多时光的人，似乎总在不停地忙碌。

且让我们在时间的缝隙里，给自己安排一种别样的情调生活吧。工作的间隙停下来伸个懒腰，看一张美到极致的山水照片，放松一下视觉神经；开车的时候，让心静下来听一首悦耳的音乐，刺激一下听觉练练耳朵；

走在路上的时候，闻一闻路边的花香，呼吸一下植物的芬芳；上网的时候，看一段美好的文字，与好友们一起分享阅读；这一些，并不需要占用太多的时间，在忙碌的缝隙里我们得以享受的却是心灵的愉悦，何乐而不为呢！

还有，无论多么忙碌的生活，我们也要拿出陪伴家人的时间，这才是情调生活的真谛。下班回到家的时候，和家人一起吃晚饭，感受家的温暖；陪父母看看电视聊聊天，让他们安享晚年；睡觉前给孩子一个拥抱的晚安，让他感受到父母的爱。或许因为忙碌，我们没有大把大把的时间来做这些事，但对于家庭生活的经营比工作生活要重要得多。家庭和工作是相辅相成的关系，只有拥有了幸福的家庭生活，工作生活也才有了持续的动力。所以哪怕只有几分钟，也需要营造家庭生活的情调，不需要美酒和咖啡，哪怕只是简单的拥抱和陪伴，也是生活中最温馨的时光。

放假的时候不要把假期都拿来加班，至少每个周末或假期抽出一天，哪怕半天也好，也要用来放松紧张的压力。或者带孩子和父母去公园放放风筝、骑骑自行车，感受一下轻松时刻；或者带他们去寻找美食天地，尝试一下味觉魅力；或者安排一次长途旅行，在社会人文或自然风景中全身心地放松下来。仔细想想，这些安排是不是并不太难呢？

营造情调并不难，享受情调带来的美好感觉也不难。归根结底，生活是否美好，取决于个人的心情，更取决于点滴生活中的智慧安排。无论是职场人士抑或是全职妇女，忙碌都已经是生活的代名词，在忙碌的脚步里不断为生活创造情调创造美好的感觉，用心去感受生活去经营生活，这样的日子一定会越来越美好！让我们在情调生活中呼吸温馨的空气，拥抱充实的人生吧！

一心一念

一心所系，星光璀璨，所有的欢喜和雀跃从心灵里迸发而来；

一念之间，眸光流转，莹莹美目所见之处，皆是富含人生哲理的沉淀。

一颗心，经常盛情满满，那时刻，似乎再多的执着也无法释然。那一瞬，心眼之间，纷繁的世界也只不过是沧海中的那一束，直达心灵深处的光明，照亮的是未来的人生之路。

一心一念，心无旁骛的执着和简单，于我，不是名言更甚名言。

我得承认我一直是一个简单的人，简单得甚至有些过于苍白，甚至不被有些人所认同，但我喜欢这简单的思维方式、简单的行为方式、简单的语言方式。因为大脑不够智慧，也无法融入那些纷杂的事物之中，所以不能担当重任，也偶尔会成为别人的挡箭牌。真的不是脸皮太厚，只是有些时候，心里没有那么多的曲折弯路，所以不能理解太过复杂的社会人际关系。当我以自己的方式来处理工作或生活中的事务，尽管有时候会担心方法不对或走错了方向，尽管很多时候做的不是那么完美，但用自己的心去做的事，不求完满但求问心无愧。这样的处事方式，或许得不到太过璀璨的光华，人生也无法达到太过辉煌的境界，不过于我这般的平凡人生，这样就好。

一心一念，喜欢一个人的时候会喜欢的很彻底，满当当地都是那一个人影；这份喜欢渗入骨髓，侵蚀大脑，于是所有的心之所系便是那一个引你哭引你笑的身影。想念的时候甚至会走火入魔，满脑子都是那个人的点滴。走在大街上的时候，希望眼光所及之处，能看见那一个人。或许期间还会夹杂着因为争吵而引起的胡思乱想，也许还会因为距离而引起的因寂寞而伴随的思念，但这份喜欢，纯粹得毫无杂念，纯粹得令岁月失去了纷杂的颜色。这份因一心一念的情感，不会让人陷入情感纠葛之中，便也就少了很多不必要的人事纠纷。

一心一念，做一件事情的时候总喜欢心无杂念。同时有几项任务的时候，总会使人无法分清主次，也会让人陷入莫名的混乱，所以喜欢事情一件件地来，任务一项项地去完成，尽管或许会因为这样那样的原因，也许同时会有多项任务，但在时间规划上，我还是更愿意在某一个时间段里完全地把精力分给其中的一项任务。左右穿插，从来都不是我的本领，也从来都不能让我找到其中的闪光点。这样一心一念地只关注某一件事务，不会因为思维混乱而耽误了规划，便也就少了很多不必要的争吵和反复。

一心一念，说简单也好，论太傻也罢，终究只是因为心思太过简单，终究只是因为喜欢关注着某一个人某一件事。这份一心一念的执着人生，不需要他人的认同，也不必在意别人的议论，只要自己喜欢，便是同样灿烂无比的人生。

别样时光

　　窗外正下着雨，迷离地浇灌着这个还不曾凉透了的秋季，落叶似乎还在树枝上拼命挣扎，于大风过后不情不愿地飘落。终究是秋天的凉意渗透了肌肤，慵懒地躺在被窝里，一本小说、一部影片，随故事的跌宕而起落，随光影的流转而浮沉。如此慵懒的时光，是大多数人所喜爱的吧。不为纷繁的杂事所干扰，不为忙碌的工作所忧心，片刻的放松、短暂的休憩，是那懈怠的天气成就了如此慵懒的时光。无关懒惰的身心，也无关不思进取的状态，是迷濛的雨，冲刷了人生的匆忙，洗去了工作中的紧张。

　　也曾有那样被阳光沐浴着的午后，思绪似乎停顿了下来，大脑似乎不再工作，就那么在温暖的阳光下发呆。如此懈怠的时光，也是大家乐于接受的吧。不为长途跋涉的辛苦而苦恼，不为项目中的千丝万缕所缠绕，刹那的停留、些许的无欲无求，是那温暖的阳光成就了如此懈怠的时光。无关旅行中的休憩，也无关工作中的休整，是暖人的阳光，照进了人生中的片刻空白，温暖了人生旅途中的刹那华光。

　　也曾有那样因音乐而恬淡了的时光，思维似乎进入了某个别样的世界，大脑皮层因音乐而逐渐宁静，就那么在美妙的音乐里无所事事。如此闲淡的时光，也是许多人所曾经经历过的吧。不为需要演唱而心焦虑，不为音色是否动听而抛弃，美丽感觉的围绕，内心不再浮躁，是那艺术点滴所散发出来的魅力成就了如此闲淡的时光。无关音乐世界里古典或摇滚的争论，也无关歌声里歌者的荣耀，是动听的歌声，钻进了人生中的片刻沉默，扩充了耳边的美妙声音。

并不全是给自己的懒惰找一个借口，也不全是为了写文而东拼西凑，生活之中，甘于平庸的我的的确确是享受到了这别样时光的魅力。就像吃惯了大餐便也会想念粗茶淡饭的味道，就像穿惯了华美衣裳也会想念农家粗布的贴身感觉，在我们不断向前的人生旅途中，不乏激流勇进的时光，也不乏兴奋满满的时刻，这般慵懒的抑或懈怠的光阴便点缀了我们的生命。

人生有太多的别样时光。被窝里的慵懒，是雨雪天气里的最美心情；写字桌上的疲倦，是工作或学习后短暂的停顿；阳光下的发呆，是精神世界的洗礼；音乐里的游荡，是一次心灵的全心投入。在这些别样时光里，我们放松了心灵和意志，权当是匆忙旅途中的片刻休憩，之后，为了前路的更加精彩，我们仍然要鼓足勇气继续出发。前行的路在我们脚下，如同珍惜每一次崛起或成功的喜悦，也请珍惜人生中或多或少的别样时光。

柔软的时光

也许是清晨睁开眼的那一瞬间，明媚的阳光穿透窗帘照进卧室，全身沐浴在金色的阳光里，温暖的感觉环绕着身心，恍觉世界的美好。那一刻的时光那么美，让我们忍不住要深呼吸，把这美好吸进我们的肺里，让每一次呼吸还原一个宁静的清晨。

也许是晌午的一杯醇香咖啡，浓烈的香味扑鼻而来，清醒着我们的脑神经，芳香着我们的味觉系统，恍觉时光的静谧安然。那一刻的时光那么充实，让我们忍不住和着音乐的节奏放飞心情，把这芬芳写进午后的文字里，让每一段文意都带着甜蜜的韵律。

也许是临睡前出其不意的一个晚安吻，幸福的涟漪动荡着内心，温馨的氛围包围着属于母子的时光，恍觉那一刻化身为天使，把爱的枝丫延伸。那一刻的时光那么暖，让我们忍不住要抓住这温度，把这温暖渗进我们的血液，让每一次心跳还原一个美梦的夜晚。

也许是春天里破土而出的枝丫，满含着春天的生机，在轻柔的春风里睁开惺忪的睡眼。春天的天使，在梦里醒来，洒下满树的清欢，泼洒给人间。

也许是夏日里树荫下的嬉戏，天真的笑声响彻公园，树枝后探出的笑脸，是躲迷藏的快乐，也是亲子游戏的开心。大手牵着小手的温馨，是用

心勾勒的最美图画，

也许是秋季里漫步街头的背影，银杏叶铺就的街道上紧紧牵着的双手，肩并肩手牵手的幸福；那一刻的美好时光，似乎成了永恒的画面，点缀了人生道路上的风景。

也许是冬日里凌空飘落的雪花，粘在含笑的眉梢，落在发红的脸庞，满心都是冬日的喜悦。在雪地里奔跑着、欢闹着，扔一团洁白的雪球、堆一个可爱的雪人，刻画了生命美好的场景。

总有那些柔软的时光，让我们味如嚼甘，流淌的蜜汁流进心海，让我们忘记了烦扰和苦恼，让我们忘记了忙碌和不安。在那些柔软的时光里，我们播种友情的种子、撒下爱的花朵，我们谨记美好的片段不忘甜蜜的时刻；在那些柔软的时光里，我们或微笑着问好，或快乐地奔跑，或安静地享受，欢乐与我们同在。因为有那么多柔软的时光，人生就增加了许多美好的记忆，请珍惜那些柔软的时光，走向人生的明天。

秋之芳华

从会议室的窗户往外看，金灿灿的银杏叶子随风飘摇着，因为还不曾凋零，所以目光所触之处，是十分美好的秋色。不得不说，京城的秋色一直很美，大概也是因此，每年的秋天，香山公园、八达岭公园的游人如织，办公大楼里的人们纷纷逃出钢筋水泥的世界，去寻找秋季里那一抹抹明亮的秋色。

仔细寻找，在秋色之外总能看到这样的情景：怀抱孩子的母亲，那一脸温和满足的笑容，映着阳光分外地温暖；牵着孩子的小手在公园里散步的母亲，那一个个轻松快乐的步伐，踩着秋天的落叶分外地温馨；跟随着孩子的小跑迈开步伐的母亲，那一脸充实而甜蜜的表情，迎着秋风分外地甜美。

硕果累累的秋季，常常是文学大家们赞美的对象，溢美之词比比皆是。这一点似乎与母亲的角色天然交织在一起。怀孕生子，孩子就是母亲最幸福的果实。脱去了青春期少女的青涩，放下了新婚妇女的羞涩，与自己的孩子一步步走来，每一个母亲，都逐渐成长为坚强、成熟的妇人。那一种无怨无悔地付出的心态，也是一种气质，气质的名字叫"无私"；那一种当孩子遭遇疾病时坚韧的心情，也是一种气质，气质的名字叫"坚强"；那一种陪伴孩子成长过程中的态度，也是一种气质，气质的名字叫"成熟"。

所以说，如果以一年四个季节中的某个季节来比喻母亲的角色，我想，秋天是最好的诠释。

秋天的颜色丰富多彩，看银杏叶黄灿灿地令人眼前一亮，看红得妩媚的枫叶在林中张开喜悦的笑脸，看各种果实挂在树杈上带来厚重的希望。多姿多彩的秋天，在我的眼里，显然是一个爱生活爱孩子的母亲的形象。因为爱生活，懂得了生活的真谛，懂得如何用平和的心态去面对生活中的困难，懂得如何以坚强的心去承受日子中的杂碎，懂得如何以放松的心态去丰富生活的一点一滴。在网上看过很多母亲的博客，有喜悦于点心饼干蛋糕等烤箱生活带给孩子的味觉美味，有自豪于合理安排业余生活带给孩子的娱乐心情，有充实于孩子上课时美容健身等自我调节的生活状态，只要你睁大眼睛去发现这个世界的母亲，总能看到她们的满足和快乐，总能看到她们同样多姿多彩的生活。也许因为孩子，付出了很多，但每一分付出之后每一分收获的喜悦，同样令人心醉。

丰收的果实、成熟的心态，秋之芳华，理所当然地成为四季中色彩最绚丽的季节，成为人生中最美的时刻。

正是踏春好时节

春光明媚如许，按捺不住蠢蠢欲动的脚步，人们纷纷从高楼里跑出来，踏着春天的脚步，迎向春天的气息。城市里的大小公园、郊外的青山绿水，到处是人们踏春的步伐，到处是人们的欢声笑语。明媚的春天，大概是最为开心的季节了。

正是踏春好时节，寻找花的芬芳已然成了一个周末的主题。迎风飘摇大展宏图的迎春花、极其普通但却因为大面积的花海而吸引游客前往的油菜花、高贵美艳气势逼人的牡丹花、迷人且带着异国情调的郁金香、富含浪漫主义题材让游客赞不绝口的樱花、含羞带怯花期极短的海棠花、不是仅为了观赏却也吸引游客眼球的桃花杏花梨花、热情奔放先于叶子绽开的玉兰、低调得让人常常不记得名字的丁香。各花各入人眼，春天真是百花齐放的季节。

正是踏春好时节，挖野菜悄然成为城市人的新宠。最是雨后春笋发芽时，鲜嫩的竹笋自然美味可口，拔竹笋的热情也自然而生；北方的野菜当属荠菜最为有名，公园里、马路边常常有人拎着塑料袋，拿着剪刀或小刀弯着腰挖野菜，好奇的孩子们也乐意加入其中；野菜中最为娇嫩的当属香椿，高高的香椿树下有人拿着绳索绑着的大刀在割香椿的嫩芽，极其不易；当凤凰岭到处都是槐花飘香的时候，我们也曾一度摘得大把大把的槐花，做起槐花拌饭来味道还不错；南方菜系的马椰头，田野里到处都是，拿把剪刀出去不过几分钟就能剪回来一盘。各菜各入人嘴，春天真是百味俱全的季节。

正是踏春好时节，捞小鱼和蝌蚪也成了都市人的兴趣所在，尤其是孩子们。山林里的小溪边、公园里的湖边，都是捕捉小鱼和小蝌蚪的好地方。尤其是小蝌蚪，正是繁衍期，一大坨一大坨地，打捞起来毫不费力，带回家里养上一些日子蝌蚪便成了青蛙或者癞蛤蟆。小鱼儿则要难捞的多了，虽然不是那么容易，但总还是有很多人锲而不舍地坚持。网兜、食饵、小凳子，比的可是耐心啊！

正是踏春好时节，运动已经是大家保持身体健康的捷径。脱下冬季厚重的棉袄，赶走冬天里因为冷冽而带来的懒惰情绪，广场上、公园里到处都是运动的人群，跑道上跑步的、公园水泥路上骑车的、滑板车滑行的、足球场踢球的。篮球羽毛球乒乓球各种球类纷纷出动，放风筝划船轮滑各种娱乐活动也不甘落后。各种运动令人眼花缭乱的春天里，真是一个开放的季节啊！

最是春光明媚时，走一路春花烂漫，赏一地迷人景致，放一段静谧时光。与子携行，无悔岁月。

桃红柳绿又一春

不知不觉中，春天的脚步走进了我们的世界。当冬天的冷风被温暖的春风所代替，当厚重的大衣被色彩靓丽的春装所取代，当冬日里窝在家里的人们成群结队地赏花踏春，春天已然用它的温暖和多彩包围了我们。

俏丽的桃花你拥我挤地爬满了桃枝上，秀气的柳枝轻轻抚摸着路人的脸庞，羞涩的海棠张开了粉红的花房，大气的玉兰满树开放着流光溢彩，这个春天美丽得让人忍不住停下脚步。金灿灿的迎春花在微风中招手，绿油油的枝芽在阳光下点头，明晃晃的骄阳在人群中游移，这个动感十足的春天让人忍不住张开心房。

喜欢春天的人们纷纷走了出去，在一片春色中开展着各色活动。瞧，天上的风筝越飞越高，水里的鱼儿越游越欢，地上的孩童越跑越快；看，自行车骑的虎虎生威，轮滑鞋的脚步呼呼而过，足球的影子在草坪上滚来滚去；很显然，春天是大家运动与游玩的最好季节。刚过完寒冷的冬季，是春天苏醒了冬日的慵懒，也是春天拉近了人们之间的距离。

脱下了厚厚的冬衣，春天的温暖分外明显，街头的帅哥靓女们早已不甘寂寞地穿上了色彩鲜艳的春装。俏丽的粉红，不再是少女独有的色彩；经典的黑白条纹，勾勒出了女性的魅力。在这个多彩的季节里，色彩的精灵犹如闯入花丛中的蝴蝶，在春光里翩翩起舞，于是，在人们的眼光中，到处都是争奇斗艳的痕迹，到处都是青春美丽的足迹。

有种子的气息带来了春天的心声，在这个播种的季节里，那些勤劳的农民们开始用自己的双手埋下新一年的希望。各种瓜果种子争先恐后地开始发芽，各种树苗前赴后继地开始长高，肥沃的土壤在锄头下摩拳擦掌，睡醒了的小动物们开始了热闹非凡的串门。俏丽的春姑娘，她是希望的散播者，把那一份份欣喜撒播给大地上的每一个生物，把那一份份美丽分享给同样沐浴着春光的每一寸土地。

桃红柳绿又一春，同样美丽的春色同样欣喜的心情，眼光所及，那一片悄然来临的春光覆盖了整个城市。尽管，北京的风依然会带来沙，依然会晃动我们心中本已满载喜悦的心情，堵车的长龙依然常常阻挡了我们出行的脚步，但不可否认的是，春天的来临还是让我们走出了寒冷冬季里的那一份懈怠的情绪。

桃红柳绿又一春，岁月总是在悄无声息地改变着我们的时光，看着儿子的作业上满是描写春天的词汇，不由得也想把这个春天留下来，只是，时间总是在流逝，春光总是短暂的令人惋惜。年华易逝，每一分每一秒都是我们人生中宝贵的时间财富，走过了的时光永远无法回转，唯有这文字，还能在时刻提醒着曾经的那一刻的心情，那一份对于春天的喜爱，那一份对于青春的怅惘。

记忆天平会失衡

　　同样的一件事情，发生在两个人之间，但两个人最终对于该事的记忆往往并不尽相同，有时候也许会南辕北辙，有时候也许是一方念念不忘另一方却记忆全无。

　　这样的事，在情爱电影和小说里屡见不鲜，大多表现在一对男女劳燕分飞之后。先行离开的那一位，对于曾经的温情与浪漫，曾经的欢声与笑语，都会抛之脑后，似乎从来不曾发生过。即算是还记着，也早已没有当初的柔情。而还坚守着的那一位，却通常对那些往事记忆深刻，想起来是既爱又恨，爱的是那些往事令人真心快乐过，恨的是终究不能长久厮守下去。这种差异，再也正常不过。

　　生活中，这样的记忆失衡其实也多得不胜枚举。想起大学毕业前夕，有一位当时关系还算不错的男同学在我生日的时候曾说了一句话，"以后就算毕业了，也会给你寄生日礼物"，那句话我挂念了很久，不过我也再没有收到过该男生的礼物，仔细想来毕业以后其实就失去了联络，再仔细一想那么一句玩笑话如何能当了真。其实也不关乎感情的深浅，也不关乎友谊的轻重，只不过两位不同的当事人对于同一件事情不同的记忆罢了。有的记忆，似乎进入了脑海就再也不会忘记，而有些记忆，却轻风般稍纵即逝似乎从来不曾停留过。

　　当我念念不忘刚上研究生时在迎新晚会上唱越剧选段忘词的尴尬境地时，我身边的同学们竟无一人记得，每每问起都说不记得有这回事，独我自己记忆异常深刻，至今不能忘怀。又有同学提及，当年谁谁谁是宣传委员，经常给我收稿费的汇单，而我却记忆全无。上大学时，上计算机课要专门去计算机室，那时候我留的短发，其中有个男生看到我就不客气地揉我短发，很多年后再遇到他便问起此事，他却完全不承认自己干过类似的坏事。就是这样，几乎每次同学聚会，大家都会聊起那些陈旧往事，很多事我都诧异于同学的描述和我记忆里的偏差。看，在不同人的记忆里，记忆天平从来就不曾平衡过，于是同一件事情就这样有了不同的版本。

　　不管再过多少年，也不管生老病死，你的记忆从来都不等同于我的记忆，你的青春从来都不等同于我的青春，记忆天平从来都是失衡的。在这一件事上，也许你的记忆更深一些，但在另外一件事上也许你的记忆更浅一些，谁也不必太介意其中的轻重之分，也不必介怀其中的有或者无，因为每一个人都是这样的，大可不必因此抱怨记忆天平因此失衡的那端的那个人。

　　每个人都会选择性地记忆他想记住的内容，每个人在同一件事情上重视程度不同，每个人对待同一件事的看法也会不一致。因此，记忆天平会失衡，是人生必然的结果。

红绿灯

走在路上，不管是步行还是骑自行车又或者是开车，总是会遇到红绿灯。对我来说，无论哪一种方式，每每经过红绿灯的时候，我都会有片刻的停顿，或者是降低了速度，或者是加速冲过，都会发生在这片刻停顿之后。在这片刻的停顿之间，便有了短暂的思考。步行的时候思考的可以长一些，因为不会被按喇叭催促；骑自行车的时候思考的比步行还要长，因为我总是会把脚放下来，推着车走；开车的时候，节奏是跟着车流走的，不允许有太多的犹豫，也不允许横冲直撞。想来，不管哪种方式，在红绿灯的路口，我都是胆怯的。

曾经有过很多次，步行的时候因为有转弯的车太快，使我不得不心惊胆战地迅速逃离，从此对红绿灯路口总是心有余悸。可是，红绿灯总是存在着，害怕也好，胆怯也罢，还是每天都必须面对。其实相对来说，开车的时候这种胆怯心理会小很多，尽管我的开车技术还是那么烂，但至少知道自己是安全的。尽管对红绿灯路口存在着那么些许的畏惧，但也明白，如果没有了红绿灯，道路又该是怎样的混乱。于是，坦然地去克服自己的害怕心理，淡然地去接受红绿灯路口的规则。该停则停，该走则走，不制造混乱，也不迫切躲避。我想，只有这样才能保证足够的安全吧！

仔细想来，人生的路何尝没有红绿灯呢！假如说白天是绿灯，那么夜晚是红灯，可以让我们的身体得到休息；假如长期的工作是绿灯，那么短期的休假是红灯，可以让我们得到放松；假如一场爱的追逐是绿灯，那么短暂的停留便是红灯，等心灵歇够了再启程。忙碌的时候，从不曾去想过其中的道理，也不想去解释人生中的道路其实一样到处都是红绿灯，只是它不是简单的存在，而是心灵的感应，我们用肉眼看不到罢了。

人生的道路，是用心灵在走，其中的红绿灯也是用心灵在感受。跌跌撞撞的人生，太过混乱；匆匆忙忙的人生，太过忙乱；只有从从容容的人生，才让人的心灵得以安详地继续前行。多感受人生中的红绿灯，让自己的心灵也可以得到休息，让心灵可以看到人生道路上的别样风景。这样的人生，便会充实许多吧。假如有他人制造的红绿灯场景，别慌乱，也别逃避，勇敢地去面对，总是会走过去的。

走好人生的每一步，错过的风景不后悔不埋怨，前方的风景还在招手。脚下的路，是我们的脚在走；岁月的人生道路，是我们的心灵在走。双脚会做出合适的选择，心灵同样会做出合适的选择。红灯停绿灯行，无论是脚下的路还是心灵的路，都该顺着规律走，这样才不必担忧也不会迷茫。

冲动的激情

还记得很久以前，曾经因为某件事心里不爽，就很冲动地跑去问当事人如何如何，结果却让自己郁闷了很久。这样的事情，后想起来后悔不迭，觉得自己太过冲动。只是那一刻，大概是心脏跳动太快，体内不安分的因子做了怪，自己都控制不了自己。

其实再仔细想想，只要没有造成太过恶劣的影响，冲动也不是什么太坏的事情。假如少女时代对某位帅哥一见钟情，面对他的眼神心跳便加速跳动，冲动一下又何尝不可？假如一眼看上了价格高达三千的大衣，似乎穿上它就能感受到魅力的存在，冲动一下又何妨？假如看上一次相对完美的旅行，可以消除工作中的疲惫，冲动一下又如何？仔细想想，这样的冲动不见得是坏事。一份美丽，一次恋爱，一次旅行，都是人生的丰富经历。

冲动，是因为还有激情，有对美丽的追求，有对成绩的追求，有对美好生活的追求，也有对未来的追求。安于平淡，不代表对生活失去了激情；无欲无求，从来都不是真实地存在。作为普通的人，总是会存在或多或少的期望，正因为有了这些期望，激情才能长存，而也正因为还有激情，所以才会有偶尔的冲动。

有人说喜欢你的人总会理解你，不喜欢你的人再多解释也无用，所以冲动过后也大可不必内心惴惴不安。只要不曾伤害别人，也不曾造成恶劣的公众影响，这样的冲动过去就过去了吧。不要太在意别人的目光，内心的强大需要的是自己对外界的不刻意去猜测不刻意往心里去，或许在你冲动地发泄内心的不满之后，对方给予的理解并不见得太少。假如冲动的起因是一个误会，那么就勇敢地道歉；假如冲动的缘由是人际关系的需要，那么就直接地接受。不管道歉也好，接受也罢，对自己冲动的后果所做出的行动，恰恰是理智的表现。冲动不可怕，可怕的是不想或者不愿意承担冲动的后果。只要明智地承担了后果，并对此后果做出了正确的反应，那么，没有人会因你的冲动而谴责你，也没有必要因此内心惶恐不安。

有激情的人生好过平淡无奇的过程，偶尔冲动一下，不算什么。也正因为还对世间种种存在着希望，才会不计后果地选择冲动。有期望才会有动力，冲动本身就是一种对美好人生充满希望的表达方式。有些人用此来排解情绪，有些人用此来获得更公平的结果，有些人用此来追求更高的境界，不管怎么样去表达冲动的过程，其实都是对现状的一种更高期望。努力的人生，不会是乏味的人生。作为人，总有冲动的时候。而对事物所做出来的冲动的响应，是因为还有激情，这和年龄无关，和经历也无关。

爱的小心思

　　在男女之间的感情不甚明朗的时候，似乎总是有小心思环绕在心头，久久不去。它是爱情的前兆，指引着爱情道路的方向，引向不可知的未来。

　　那个红着脸向你借书的女孩，也许正悄悄地喜欢着你，这一点小心思，如果不曾了解，或许会错过一段美丽的感情。那个跑步为你去教室抢座位的男孩，也许正萌发着爱恋的枝丫，如果不曾明了，或许会误了一段浪漫的姻缘。情之初始，没人把赤裸裸的表白写在脸上，也没人不计后果地在还没有确定自己的心意便坦然告知对方。一点小心思，是过程中美丽的点缀，不管是否开花结果，这个过程依然充满了小甜蜜。

　　大凡细心的人总会发现端倪。

　　为什么她总是出现在篮球场上为你呐喊助威？为什么他总是非常勤快地朝你借上课笔记？为什么她的箱子破了偏偏找你修理？为什么他的眼光总是不经意间看向你？为什么她每次聚会总喜欢坐在你的旁边？为什么他心甘情愿地帮你挡酒？为什么她十分认真地做笔记然后故作潇洒地借给你？为什么他在离别时刻的那一瞥会带着浓浓的哀愁？为什么她有点小事就请求你的帮助？为什么他在楼下徘徊不前？那一刻，是爱慕的心思在心底里荡漾，促成了那么一些瞬间或片段。

所谓小心思，一次两次，也许的确是埋藏在心灵深处别人无法知晓的心事，也不能夸张地以为这便是爱情的表达。有时候，短暂的动心，片刻的心动，也会滋生出如许小心思，但并不长久，也不可定性为爱情。但这样的小心思如果多了，也就会自然地成了传递感情的工具，稍微细心的人也就能从这些小心思中判断出感情的方向来。爱的小心思之延伸方向，恐怕不外乎两种结果。要么，那些小心思光明正大地付诸更为直接的行动，要么，那些小心思从此掐断终止了那心头的思绪。但无论哪一种，我们都不可否认，那时候的心会有不属于自己的时光。

两种结果，却引申了三种不同的结局。

从爱的小心思升华为美好的爱情故事，的确是令人向往的。还记得大学时候的一位女老乡，自从她觉察对学校排球队的队长产生爱慕之心之后，她总是流连忘返于操场寻找他的身影。她抢着给他递水，抢着给他递毛巾，她总是加油呐喊声音最大的那一个，她总是坚持到比赛最后一刻的那一个。他不问，她不说，一次又一次，日积月累，那点爱的小心思就明明白白地显现了出来。至于后来，他拿过毛巾的时候会挠挠她的手心，令她怦然心跳；他在比赛之后会牵着她的手离开操场，令她心动如潮。爱情的到来，一切也就水到渠成了。

当然，落花有意流水无情也有可能是爱的小心思的另一种结局。并不是所有的付出都会有回报，感情世界更是如此的黑白分明，不喜欢便是不喜欢，来不得半点掺假，这样的例子其实不胜枚举。她喜欢看着他矫健的身影在足球场奔跑，于是她总是一次又一次地出现在足球场上；她喜欢他匆忙跑进教室时黑亮的眼睛搜寻座位的样子，于是她总是一次又一次地给他占座。大概次数多了，这些小心思也被他发现了，然后她表白他拒绝，再然后他经常牵着另一个女孩子的手出现在她眼前，她给他占的座他也再不去坐。结局如此明确，再多的倾慕也无用处。不是她做得不好，只是他不喜欢。这样的结果，对她来说是对心灵的凌迟，却也只有无可奈何的份，谁让感情就是无法虚伪应对的呢！

还有一种结局，大概是明知没有结果的情感旋涡，明知在这个旋涡里挣扎无果，于是选择放弃，留下的岁月里只剩下那心动的时光在一个人的心底收藏。她心动，她倾慕，而他却并不知情。因为她知道，有些念想只是奢望，有些距离永不可及。于是，那点小心思锁在她的日记里，刻在她的岁月里。适时地转身，把握情感的尺度，距离也是一种美丽。自古以来便有郎才女貌门当户对的说法，她自知自己无论容貌和家世都无法与他匹配，所以选择默默地注视然后转身走开。与其在生活中将爱情一点一滴地磨灭，不如把那份悸动留在时光的隧道里。

朦朦胧胧的小心思，心会不规律地跳动，眼睛会不由自主地跟着那人的影子，原来这便是爱恋的萌芽！这棵幼苗，有了情感积累的雨水浇灌，便会开花结果。而若是没有感情的阳光雨露，便毫无生机以至于枯萎。有幸运的人，一点小心思，便有了回应；也有不幸的人，再多的小心思，也无法得到一点一滴情感的回报。只是，谁又能提前知道结果呢！正因为结局在初始并不明朗，才有了恁多的小心思吧。无论单相思也好，还是双方都有同样的意愿也好，之初的点点小心思，大抵都是美好的。

很多年过去之后，有人会觉得当年的小心思傻傻的可笑，有人会觉得那时的小心思很勇敢。每个人的心里都会对存在过的感情进行不同的定位，冷暖自知，无法猜测。爱的小心思，不是钩心斗角的斗争，也不是尔虞我诈的阴谋，所以即便定位不同，也是人生回忆中美好的一个片段，轻轻地如羽毛般划过心房，短暂的回忆刹那的芳华，如花朵般芬芳无比。当岁月老去，年华不再，或许年少时那点爱的小心思那短暂的心动瞬间却依然在脑海中永恒。永恒的，其实不是爱情里你侬我侬的情节，而是那片刻满心的倾慕占满了整个身心，那种动心的感觉哪怕只是很短的刹那，却也成了永恒。

清晰看世界

经历了高考、硕士考试的我，一度以为眼镜不会成为我生活中的一部分。紧张的复习时光、无节制的看小说岁月，并不曾降低我一直以来5的视力，看到同学们一个个都戴上了眼镜，心里一直藏着窃喜，直到毕业参加工作发现视力其实已经下降到了0.8，原来沉浸在电脑网络世界的时光，终究还是破坏了视力平衡。

所以，我的眼镜是在参加工作以后才配的，一戴就再也不想摘下来。经常有人会问，"你的眼镜多少度？"我笑笑回答，"一只175，一只225"，然后便听到对方回答，"那你还戴眼镜啊！"是啊，习惯是一种多么根深蒂固的土壤啊，因为习惯了清晰的视野，便再也不能适应模糊不清的视线。

有一次出差在外，一位关系不错的客户称赞我有一双漂亮的眼睛，她一再强调如果不戴眼镜会如何如何。和大多数女性一样，我自然也是有爱美天性的，于是心里蠢蠢欲动，悄悄地摘掉了眼镜。那几天，虽然并不影响正常的工作和生活，坐在电脑前写文档是没有问题的，这么近的距离根本不影响我写文档看电子邮件；看电视离电视机近一些也是可以的，大不了把凳子搬的近一些；至于洗衣做饭打扫卫生更是没什么困难的了，最多不过效果欠佳。但仔细想起来，其实工作和生活中还是极其不适应的。开会需要坐到最前面一排去，否则会模糊一片根本看不清会议内容；远远地看到同事，只有别人朝我打招呼的份，我只能走近了才能分辨出打招呼的人是谁；开车的时候，是需要加倍小心的，毕竟视线没有戴眼镜时那么清晰。模糊着过了几天之后，终于还是出现了不愿意发生的状况，先是在倒车的时候把车后方剐蹭了，接着第二天又在拐弯的时候剐蹭了车子，让我好不伤心。接连发生的意外让我只得再次戴上眼镜，从此又可以远远地跟对面熟悉的人打招呼了，从此又可以坐在会议室最远的距离参加会议了，从此又可以舒适地坐在沙发上看电视了，原来清晰看世界的感觉这么美好！

之后，眼镜便一直架在了我鼻梁上，虽然摈弃了臭美的行为偶尔会让我在看到明亮大眼美女时有点小郁闷，但人到中年之后毕竟也没那么在意容貌了。而且，和美丽比起来，平安才更是我们要注重的啊。如果因为看不清造成清高无比的印象从而失去了朋友，那生活也就得不偿失了；如果因为看不清造成每次会议都不发言从而造成了吊儿郎当的坏印象，那工作绩效考核势必会下降；如果开车的小剐蹭因为看不清而演变成大事故，那必将对人生造成很严重的影响；纵观以上种种，只为了追求美丽而丢弃眼镜，看来是不可取的。

清晰看世界，明白过人生。眼镜是辅助设备，丢弃了未免可惜。当然，也有隐形眼镜、近视手术等现代科技可以解决眼镜的问题，但对新生事物我向来持远离的态度，不敢轻易去尝试，何况如今也已习惯了戴眼镜的生活。戴着眼镜的样子，一如知识分子般地文雅，如此甚好！

流泪而已

我一直都知道，自己从小便是一个爱落泪的人，也因此被盖上了"多愁善感"的印章，如果要究其原因，我想大概是遗传了母亲泪腺发达的缘故吧。

母亲也爱哭。每次我们姐妹离家出远门的时候，母亲的眼圈总是红的；每次和父亲有矛盾，眼泪总是首当其冲地落下来；每次说起亲戚的不幸，她的声音总是几乎哽咽。但母亲，从来并不是软弱的人。她会在我们生病时悉心照顾我们，她会在父亲出车祸时冷静地思考问题，她会在十几年的日子里一如既往地一边农忙一边照顾着瘫痪的婆婆。

而我的泪，更是多的匪夷所思。

看小说和电影流泪，只因那些煽情的情节激发了伤感的激素；考试没有得到满分流泪，只因没有达到自己预定的目标；和亲友分别流泪，只因离别的忧伤击中了我的心灵；工作中因为失误流泪，只因痛恨自己的粗心大意；旅途中因为流浪小孩流泪，只因对方的流离失所令人心疼……

这样动辄流泪的我，只是很奇怪，在生病住院，打针吃药的日子里，并没有流泪的相关记忆。而流泪之后的我，似乎与之前也并没有多大的不同。小说和电影看多了，也就顺理成章地懂得了人生的起伏，在生活中碰到了类似情节，也就有了足够的资本让自己快乐而理性地去处理问题；考试落后了，掉过的泪却也激发了我不服气的脾气，奋起直追，成绩也自然而然地一路绿灯；和老朋友离别之后，又有了新朋友，扩大的交友圈使我的人生更加地丰富，于是离别的泪转化为欢笑；流泪之后，并不是对工作的放弃，而是从工作教训中汲取经验，从而提高自己的业务水平；面对社会上的一些弱势群体，在流泪之后，我会力所能及地给予帮助。

所有的这些似乎和流泪与否并无太多的关联。纯粹的流泪，只是情绪发泄的一种方式，无关乎心灵的脆弱，擦掉眼泪，依然是一个坚强的女子。

也曾经常拿"男儿有泪不轻弹"来教育儿子，面对一件小事，看到他眼泪止不住地流下来，我便不由自主地烦躁，恨不得他把眼泪吞到肚子里去，因此动辄就教育儿子"男孩子不要动不动就掉眼泪"，看来真的是我太主观了。后来发现，每次流泪之后，儿子的情绪就非常好，要么马上投入到和小伙伴的玩耍之中，要么能够做到非常认真地完成钢琴作业。发现这个事实以后，我也就不再强调流泪与是否坚强的关系，既然自己都已经明白了其中的道理，再强加到儿子的身上，那我又如何能当一个合格的母亲？

纯粹的流泪而已，不是软弱的代名词，请不要动辄上纲上线。

纪念日

以前在报纸上看到这样一则小故事。

她嫁给他已经十年了，婚后的日子很是平淡，这十年来他也从来不记得结婚纪念日。某一天她突然请他去谈恋爱时常去的咖啡厅坐坐，一晚上他觉得很奇怪但是始终没有问为什么要来咖啡厅。后来她提出了离婚，走的时候她给他留了一封信，信上说"我不是没有给过你机会，去咖啡厅的那个晚上正是我们结婚十周年纪念日，而你一无所知"。

大凡女人总是比男人感性，她们也总是会清楚地记得许多值得纪念的日子，如第一次约会、第一次牵手、第一次亲吻、第一次旅行等，结婚纪念日这般重要的日子，在女人的心里更是重中之重了。每到纪念日的时候，便是女人期待温习浪漫情怀的时候。要是男人记得呢，一束鲜花一句深情的话都可以让女人心满意足，要是男人不记得呢，女人的期待就成了冰冷的感觉，尽管当时没表现出来，却已经在心里留下了一根刺，不去碰它的时候不知道疼，碰了它就万箭穿心般几乎要了女人的命。

开始也许仅仅是失望。总以男人的粗心来给自己的失望找借口，事情也就过去了。可是，女人的失望是有底线的，失望的次数多了慢慢地就转化成伤心，伤心的理由是：原来男人并不那么在乎她。

女人的伤心也是有底线的，开始也许还存着一些希望，希望男人有一天突然记得那些值得庆祝的纪念日，希望男人在平平淡淡的日子里能多在乎她一些。可是伤心的次数多了也就转化成了绝望，一个人的心要是绝望了一切也就没有挽回的余地了。

　　所以那些自以为粗心就可以忘记纪念日的男人们啊，记住几个值得纪念的日子对你们并不是一件很难的事情，千万别等一切不可挽回的时候再来后悔，到了那个时候后悔已经是无济于事的了。

步行

　　自从有了车，步行似乎成了一种奢侈。在懒惰的习性里，步行在我的生命中已渐渐地褪了颜色，无论步行的时间和距离都在缩减。去超市购物，开车；上下班，开车；出门办事，开车。车的方便，无可非议，但也因此助长了我的惰性。

　　每周一天的限行，有好几次一大清早来到办公室，然后跑到顶层的健身房跑步锻炼身体，晚上在办公室上网看看电子书刊，磨蹭到8点以后开车回家。这样的早来晚回，无非是为了节省路途的时间，可因此带来的后果，我只能晚上8点半以后才能到家。实在不想在周五下班以后还在公司里浪费时间，索性开始坐公交上班，也因此有了足够的步行时间。

　　从家到公交车站，短短的不到五分钟的行程，为了能早点坐上公交车，我一般都走得很快。前几天有网友的微博称快走的习惯其实也是性格内向的一种表现，想来我这有目的性的快走和快走的习惯并不能同日而语，至于是否内向，仁者见仁智者见智，不同的人，了解的不了解的，熟悉的不熟悉的，一定会持有不同的观点。为了赶公交车，甚至有时候还需要快跑，其实也可说是锻炼体力的好机会。

　　从家到公交车站的路途，因为短，很少有意外发生，也很少有什么内容吸引我的眼球，但有一点值得肯定的是，这一短短的行程里，身心都是全神贯注的，目标只有一个：尽快地坐上公交车。毫无杂念的快走，简单至极的思想，是在这个混沌世界里难得的动力。

从公交车到站到公司需要走大约一刻钟的时间。期间要穿过车来车往的马路，自己开车的时候，因为人在车里，似乎不觉得有什么害怕的心理，可是每次步行穿越马路，我的精神集中程度都会提高好几倍，深怕一不小心就有车飞速冲撞过来。于是，过马路的短暂时光总是我最担惊受怕的时间，我最喜欢的是，旁边有好几个行人也要过马路，然后我可以跟着他们在远离车的那侧从容而过。碰到没有行人一起过马路的时候，我的脚步总是迟疑又迟疑，最后又会等到有一批行人一起过去，才安抚了我害怕的心理。大概就是因为这种在过马路时候的害怕心理，我对骑自行车过马路一直有着一丝的恐惧。

过了马路，便可以卸下紧张情绪，轻松地走在去往公司的路上。尽管路边并没有太多的风景可以欣赏，但清脆的高跟鞋声，路旁的宣传板报，都会让我的心情变得轻松。时间不紧张的时候，可以走得很悠闲，一边走一边思索，于是就有了本文，甚至有了其他的几个选题。昨天的时候，还一心想在微博上感慨，最近脑子迟钝无所感悟，今天已然在步行的过程中收获了除本文外另有《情书》《简单》《文如其人》三个选题。如此高效率的悠闲时光，正是爱好写文的我所喜欢的。

步行是人类自然而然的一种行为方式，没有人愿意放弃这种行为方式。如果能在这种行为方式中放松自己的心灵，让思维飞翔在思想的高空，让遐想飞翔在美丽的云端，简单的再也不过的步行，真是我们生活中美好的行为。

回归书香

1.

都市的夜晚，浮华渐渐被夜读所替代，夜晚读书的人群日渐增多，从图书馆到书店，都可以看到那些夜读的人们在享受着和书的心灵对话。

如今的书店装修得越来越文艺，置身其中，和书的一场约会变得那般美好。面向儿童市场的儿童书店，是亲子阅读的好去处。装修风格大都充满了童趣，在慵懒的阳光下，置身七彩世界，每一次阅读便成了温暖的享受。还有一些书店是咖啡馆、图书馆和书店的复合式经营，在这里可以赏心悦目地欣赏自己喜欢的文字，饿了可以点上一份简餐，困了可以来一杯浓浓的咖啡，渴了可以喝一口纯净水。休闲的时候可以将大把的时光安放在这里，室外是浓厚的闹中取静的艺术气息，室内是一室温馨的书香，足以安抚都市浮躁的心。

从新华书店到蜜蜂书店，大小不同的书店各有特色。从静思书轩、三味书屋到三联图书中心，不同装修风格的书店各有吸引人的地方。选一个周末，静静地与书为伴，从历史到文艺、从技术到心理学、从诗歌到小说，徜徉在文字海洋中，回归令人迷醉的书香。

2.

假如生活太过忙碌，电子读书也未尝不可，把那碎片式的时间拼接起来，也可以用心灵闻到那一片书香。从此，不再有公交车站等车时的无聊，不再有约会地点等人的烦躁，不再有餐馆等上菜的急躁。手机在手，随时随地便可阅读，既经济实惠又充实了时间。

电子阅读公众号很多，"有书"、"为你读书"、"为你读诗"等类似的读书公众号到处都是，他们会按时推出精品文章，只需要拿着手机，随时可以点开阅读。而且有了那些编辑的一道屏障，除去垃圾提取精华，可以读到优质的书。比如诗歌，多少文人墨客留下来的精华，我们可以一一阅读，甚至也有编辑会把某些名家大作编辑到一起方便大家对比阅读，例如"易经的智慧"所发布的《当仓央嘉措遇上纳兰容若，美醉了》一文。活佛央仓嘉措的诗空灵超脱，"世间事，除了生死，哪一件不是闲事"；纳兰容若的词凄美委婉，"人生若只如初见，何事秋风画悲扇"；如此才华横溢的两位诗人，终于慧极必伤，年纪轻轻便离开人世。

阅读电子书，还有一个好处是想看哪篇文章了，可以用搜索的方式快速检阅到，只要学会用关键词搜索即可。喜欢某位作家的文章，也可以关注他的公众号，以订阅的方式跟进他的最新文章。

眼睛累了，还可以选择听书的方式。喜马拉雅电台、为你读诗、有书等都有为读者读书的栏目，戴上耳机，养神闭目，听主持人抑扬顿挫的声音鼓动着耳膜，让那会飞翔的文字直达心灵深处。如此一来，哪怕是开着车，也能让时光在文字的声音里流淌。

阅读电子书，如今已经成为快节奏都市生活人们的一大习惯，虽摸不到纸张的质感，也闻不到纸张的馨香，但那些文字同样可以打开心灵之门。

3.

为了鞭策自己，加入读书微信群吧，和一群志同道合的微友一起共品书香。

每月共享同一个阅读主题，并不拘泥于同一本书，大家一起分享阅读心得，一起讨论阅读体会。在讨论和分享中，让文字的魅力再次得到飞扬，让干涸的思维再次得到充实。

还可以组织不同形式的书友会，或在鸟语花开的春天草坪上席地而坐，或幽静的咖啡馆里围坐一圈。面对面地共读一本书，分角色分段落进行朗读，不同的表情里体味不同的情感，不同的声音里寻找不同的馨香；于是，一段文字有了别样的温度；于是，一本书有了温暖的情谊。也许有时候会因为有不同的观点而争论不休，那也是为了更好地理解书中的故事，在争论中观点愈发地明朗，也更能理解作者通过文字想要表达的含义。

可是，坚持似乎总是那么难呢！既然是鞭策，如果不能完成群里规定的读书任务，必然有惩罚措施。或上缴读书基金，或接受组织书友见面会的任务，或写一篇书面检查报告。一个月没完成阅读任务，面红耳赤地接受惩罚，内心多少还是有点羞愧的。到了下一个月，自然也就努力读书，以便不再继续遭到惩罚。如此一来，鞭策读书也就起到了作用。

惩罚不是目的，读书群的目的是让大家养成读书的好习惯，并能长期坚持下去。

4.

还有夜晚的一室书香，独属于自己或家人，点缀着城市的梦。

这是最好的亲子时光，维系着紧密的亲子关系，给父母和孩子同样的享受。读到幽默的文字时，一起捧腹大笑；读到悲伤的故事情节时，一起为主人公落泪；读到观点不一致的地方，在讨论中碰撞出新的火花。如此的美好，这一刻的书香，分明是格外地令人着迷。

又或者独自一人享受这夜读的时刻。寂静的夜，床头的台灯散发着醉人的光晕，根据自己的喜好捧上一本书，靠在床头柔软的大靠垫上，静静地阅读散发着馨香的文字，随着作者笔下的人物命运而起伏，跟着作者描绘的美景阅览大好河山，是一件多么美好的事啊！如此的静谧，如此的享受，这一刻的书香，分明是格外地沁人心脾。

从电子产品中走出来，远离白天的喧嚣和浮躁，让心灵完全沉醉在纸张独特质感的文字中，仿佛是和一位气质雅韵的古典美女对话，又仿佛是和一位睿智明锐的大师交流。这独属于一个人的书香，完完全全地笼络了整颗心。

啊，这夜晚的一室书香，是多么难得的时光。

声音的温度

有一次回家的路上，我一边开车一边听着收音机里的旋律，或舒缓，或凝重，或轻快，或伤情，听着女主持人在广播里聊音乐，中间突然插播了一个崭新的词汇：声音的温度。脑子里浮现出来的便是：原来声音也是有温度的啊。仔细一想，还真是如此，声音之中音量和音色的变化不正是如温度的变化般启示着一个人的心情吗！

忧伤时，主人的声音带着浅淡的温度，我想大概应该在零度左右，似冰块那么寒冷但却没有那么冰冷，寒冷得快忘记了春天的温暖，沉浸在寒冷之中，伴随而来的是眼泪的抚触。若有朋友愿意聆听，那温度也愿意随着主人的诉说而上下起伏。

快乐时，主人的声音带着兴奋的温度，我想大概应该在 25 度左右，正是和煦春日里那暖暖的温度，从声音里我们似乎能感觉到春天里蝴蝶的舞蹈，似乎能感受到世界是如此的美好。这时候如有朋友分享，那真是人生的幸事。

生气时，主人的声音带着气愤的温度，我想大概应该在 40 度左右，正是酷暑天气里几乎令人无法忍受的温度，从声音里我们能感觉到提高的音量和膨胀的心情，这时候若有朋友如空调凉风般地温言劝说，想必那高温也会被慢慢地降下来。

　　苦恼时，主人的声音有着苦涩的温度，我想大概应该在零下 0 度左右，那温度似拒人于千里之外，正如冬日的寒风令人瑟瑟发抖，那声音的温度正如这般令他人不敢上前打探，但如此时有肝胆相照的朋友给主人几个可信的建议，恐怕寒冷温度里的声音也就慢慢变得柔和了。

　　绝望时，主人的声音有着浓重的温度，我想大概应该在零下 20 度左右，在这样温度的声音里，旁人的劝说就会显得恁般地无力，天寒地冻无以缓释主人的心情，声音里透露出来的绝望如一把针扎在胸口，疼却没有热气，在这样的声音里，只有主人自己能够揭开内心的心魔，才能真正走出绝望，以焐热声音里不自然的温度。

　　人之百态，兴之所至抑或悲从心来，诠释语言的声音也因此带了内心的温度，看来我是不由自主地就认同了收音机里主持人的观点呢！声音温度会起伏，自然也会在不同温度区域转换，这就需要声音的主人靠自身来把控。让我们淡定、从容、乐观地面对生活，少一些酷暑和冰冻的温度，多一些和煦阳光下那暖暖的 25 度吧。让笑容浮现在我们脸上，让快乐伴随着我们的日子，让美好环绕在我们身边！

第六辑　岁月向暖

回望时光深处，

那些旧日点滴记忆点缀了人生行走的时光，

童年、少年、青春，都在来时的路上张望，

只愿岁月馨香如故，如花静静绽放。

倾一斗时光，莫把流年抛

雨后的天空，碧蓝如洗，轻柔的风拂过肌肤，带着一丝丝凉意，此刻，一颗善感的心站在时间的窗口，拨开岁月的迷雾，追忆那流逝的芳华。我多想倾一斗时光，给每一个在我的岁月里出现过的你，把我们的流年串成岁月的扶梯，小心翼翼地攀爬上去，寻找那天际已经老去但温柔如昔的青春。

儿时的伙伴，如今能记起的还有几个呢！身姿敏捷的女孩子们，在跳绳游戏中花样百出，一边唱着"马兰花开"一边把绳子举得一次比一次高。那位身材消瘦总是跳得最高的女孩子，如今也已胖成了妇人的模样；美丽的长发少女们，在月光如水的水库里，偷偷地在水里练习着凫水，时而你追我赶地拍打着水花；那位头发乌黑双眼明亮的少女，如今也已华发早生染上了岁月的风霜；还有那位课间休息的时候，沿着竹竿往上爬，试图把毽子取下来却被上课铃响吓得在房顶哭的人，分明就是儿时的我啊，如今也早已消却了当年的豪情壮志。

这一斗时光里，有黑白相框里的儿时故事，也有彩色照片里的青春往事。

美丽的溪水之畔，夕阳西下，琅琅读书声阵阵传来，间或夹杂着蝉鸣蛙叫。那些刻苦学习的岁月里，有香樟树为我们挡住了一夏的炎热，有桂花飘香为我们带来枯燥之外的芬芳。校园的路，不知丈量了多少的时光，从清晨到日暮、从春花到冬雪、从稚童到少年。那一扇扇教室的门，记录了多少喜怒哀乐的年华，倚靠在门前的霹雳少年，轻轻推开门后笑颜的清丽少女，愤怒地把门一撞的怒发少年，哭泣着把眼泪鼻涕抹在教室门后面的哀伤少女，几多欢乐几多愁。

这一斗时光里，有青春洋溢的笑脸，也有青春秘密的苦恼。

尚不懂爱为何物的年代，如果恰好有人喜欢你，偷偷地传给你一张小纸条，心里不知是喜欢得开了花还是手足无措得给老师打报告。喜欢得开了花的，便有了小秘密，时常偷偷地对视一眼便满心欢喜。拉拉小手的小游戏，是决计不敢的，最多不过悄悄地多看几眼，仿佛那样便能开出喜欢的花来，日日甜蜜着小小的心脏。手足无措给老师打小报告，因而使得那人受了处罚，从而分道扬镳，多年后后悔不迭，恍觉岁月开了那么大一个玩笑。

春花秋月几番浮沉，人生路漫漫；夏雨冬霜几度沉浮，岁月意绵绵。倾一斗时光，把青春记忆赋予笔尖，且把岁月里的音容收藏，莫把流年抛。把那流淌了一夏的欢乐，还有那懵懂青涩的情感，一并移交给岁月的烙印，刻写在人生熔炼的壁炉上。在美好的夜晚，一睹陈旧的青春，感受人生熔炼的温度，在冷却的壁炉中探寻往昔的时光。倾一斗时光，记忆在耳畔，且把旧时光珍藏，莫把流年抛。把那稚嫩纯真少不更事的童年，还有那密密麻麻记在笔记本里的少年，一并移交给岁月的书签，夹在人生翻开的书卷中。在柔和的灯光下，一坐经年的往事，在翻开的书卷中汩汩流淌而来。

掬一把时光的缝隙，让岁月流光溢彩

少时，不懂时光的珍贵，总以为岁月很长，长得探寻不到边际。江南的雨季里，潮湿的空气仿佛发了霉，儿时恨恨然地想要赶走光阴的脚步，让时光走得快一点再快一点。炎热的夏季里，烘烤得空气仿佛冒着火，少时恢恢地想要赶走时光的针脚，让时钟走得快一些再快一些。

远离故土之后的岁月，异乡漂泊的游子忽略了时光的概念。勤学苦读，不求出人头地，也要给自己挣一份丰衣足食的生活。勤奋工作，不求加官升爵，只是希望自己的生活还可以继续精彩。为着明天的一份丰衣足食，为着将来的一份安定生活，勤奋地行走在时光里，令生命充实得几乎毫无缝隙。

如今，恍惚间已是华发早生，眉梢的鱼尾纹已悄悄占据了脸庞。原来，岁月早就静静地挪走了时光，青春早已偷偷地带走了年华。于是，在都市的快节奏生活中，繁忙的每一个日子惶惶然地想要留住光阴的脚步，让时光走得慢一点再慢一点。让时光停留在孩子咿呀学语的那刻，让时光停留在孩子蹒跚学步的童年，让时光停留在身体康健的青春岁月。这样的梦，如此不切实际，却又如此渴望。

人到中年，恐怕也是收获的时候了吧。收获爱情，成就了温暖的家庭，让幸福的因子在生活中蒸腾；收获友情，成就了哥们般的真情实意，让温暖的分子在生活中活跃；收获事业，成就了稳定的工作，让工作的经验在事业中沉淀。收获的季节，最美、最浓。去伪存真的时光，如同小草珍惜阳光雨露，我们也开始珍惜岁月的每一份馈赠。孩子的每一次微笑，父母的每一次肯定，友人的每一次相助，都是岁月给予生命的馈赠，让生命在美好的年轮里继续美好。

在这时光渐行渐远的人生河流里，只想，掬一把时光的缝隙，让岁月流光溢彩，让年华在光影的炫彩中沉淀出最真的美丽。看，春日里，松畔的杜鹃，清脆地鸣啼着时光的韵律，在色彩分明的国画中，相互交织、互相熏染，谱成了一首春天的乐章。晨雾渐起，朦胧中谁家的少年儿郎，悄悄地在守候着那一簇簇姹紫嫣红，要把那美好的时光，站成坚定的目光。

在这逐渐优雅老去的年华里，只想，掬一把时光的缝隙，让岁月流光溢彩，让生命的乐章在年轮里一再吟唱。青春的歌，交给岁月去清唱；羞涩的目光，交给往事去回放。忙碌的脚步总有停歇的时候，快节奏的青春总有断章需要转换。看，青春里谁家少年背上吉他，骑着单车，追逐着自己的梦想。当我们停下忙碌的脚步，目光交给那多姿多彩的篇章，无论是一场美轮美奂的音乐会，还是一次亲近自然的亲子旅行，都是最美的华章。

人到中年，愈发觉得时间的宝贵，只想，掬一把时光的缝隙，让岁月流光溢彩。不负韶华的馈赠，不负光阴的眷恋，让生命在流光溢彩的岁月里继续精彩！

时光漫步，她优雅地行走在年轮里

时光，在年轮里穿梭；岁月，在年华中更迭。宛如优雅女子心里不断吟唱的那一首首诗词，在平平仄仄的韵律中，书写了时光漫步的脚印，轻盈地踏起年华的舞步。

她从纵越五百年的《诗经》中走来，"蒹葭苍苍，白露为霜；所谓伊人，在水一方"。她优雅地行走在国风中，她从容地在大小雅中书写人生，她欢快地唱出了人生的颂歌。"死生契阔，与子成说。执子之手，与子偕老"，多么浪漫的爱情故事，那是每位为爱情执着的女子所希冀的生活啊。热恋时，"一日不见，如隔三秋兮"，婚后愿"琴瑟在御，岁月静好"，爱情如能如此，乃女子之幸乎！

一部《楚辞》，将优雅的女子拉回了楚歌吟诵的年代。是谁？在清唱九歌的篇章。是谁？在低吟离骚的辞藻。"汩余若将不及兮，恐年岁之不吾与；惟草木之零落兮，恐美人之迟暮"。如何能抓住那飞逝的时光啊，草木凋零，美人迟暮，心有哀戚也。幸而，"路漫漫其修远兮，吾将上下而求索"，在有限的岁月中，优雅的女子，一定也会积极面对人生出现的一切问题。

从唐诗中走出来的优雅女子呀，正是"锦瑟无端五十弦，一弦一柱思华年"的锦瑟年华，"直道相思了无益，未妨惆怅是清狂"。雨幕低垂，一片相思无从寄，"转轴拨弦三两声，未成曲调先有情"。世事难料，与君一别长亭外，泪眼婆娑，终是"相见时难别亦难，东风无力百花残"。

　　且吟一阙宋词，在时光隧道里穿梭，让那平仄之间的韵律响彻在岁月的轮回之中。"此去经年，应是良辰好景虚设。便纵有，千种风情，更与何人说。"令人感叹离别伤情，而"十年生死两茫茫。不思量，自难忘。"的词句更是令人悲痛不已。明媚优雅的女子，更希望的是"只愿君心似我心，定不负相思意"，从此"结发为夫妻，恩爱两不疑"，情坚似铁，把人生填满。

　　折桂令、满庭芳、清江引、阳春曲，听这优雅的女子吟诵自有一番韵味的元曲吧。"自送别，心难舍，一点相思几时绝？"凭栏望远，相思情长，每一位身陷爱恋的女子情真意切，恨不得"今朝有酒今朝醉，且尽樽前有限杯"。怕离别，自古如是，只愿"是必常团圆，休着些儿缺，愿天下有情底都似你者"。

　　从古韵律诗中走来，那优雅的女子，容貌披上了悠长的历史风霜。月夜下，披上岁月的华纱，漫步时光的隧道，与宋词里的女词人对话，睿智地把悲欢离合安放在心灵之外的地方。在昏黄的灯光下，读一首唐诗，抚一帘历史画卷，从容地把时光记写在现代诗行之中。

　　那一首写下来的现代诗，正是那优雅女子的心事，放下了悲欢离合的哀伤、刻写了励志人生的希望。现代诗的韵律，是奔放、是自由、是浪漫，任那一个明媚雅致的女子，在自由的诗行中淡定、从容、优雅。

　　时光漫步，优雅地行走在年轮里，倾听古诗词的回响，让心灵在回音中得以休憩，在现代诗行中安放岁月的悠长。

愿岁月馨香如故，如花静静绽放

把时光穿成一串随风飘荡的风铃，让清脆的铃声随着清风的飘过而婉转动听，如水的时光带着纯真的记忆，摇起童真、晃了青春、拂过韶华。把岁月合成一本低吟浅唱的书，让文字的馨香伴随着书卷的打开而肆意流淌，如梦的年华含着浅浅的笑意，唱一段青春之歌，歌一曲岁月霓裳。把往事绘成一幅水墨流转的画，让水彩的氤氲伴随着画轴的展开而四处散开，如华的乐章奏着年华之谱，悠扬的韵律传递着岁月的流光。

童年时的月光，是梦中的衣裳，裹着儿时的梦想。以为，走出了村庄，便施展了自己的抱负；以为，离开了故乡，便天高地阔人生可以疏狂。少年时的目光，是记忆中的坚强，即便含着泪水也要努力去追求梦想。勤学苦读，为的是在一考定人生的道路上不会摔得头破血流；怀抱梦想，年轻的心总有一天会展翅飞翔。青年时的期望，是生活中的肩膀，依靠着，便可以让青春不会迷茫。激扬人生的道路，迈开了坚定的步伐，青春的力量已不再微弱得让人失望。

如今，恍惚之间便已是中年。撕裂的人生，总有那些左右摇摆的日子，如何把日子的诗和远方留在身边，是中年人最智慧的抉择。风雨中，友情、爱情、亲情都是岁月的依靠，让每一个平凡的日子都会开出一朵朵希望的花朵，静静地绽放在人生的道路上。愿岁月馨香如故，清晨的日光里，你一定会眷恋这如花的时光。父母在你上班时的嘱托，孩子给予的拥抱告别，同事馈予的建议忠告，都如娇媚的花朵开在心上。

每一朵都娇艳得令人心醉，守着这浅淡的时光，在忙碌的世界里收藏了心灵的烦躁和不安。清风飘过，花香便散发在周围的空气中，包围着为生命的精彩而奋斗的人们。友谊之花，从来都是开得烂漫而长久。是那月季的芬芳，日睹了岁月的轮回，一月又一月，开出了浓郁的娇媚，开出了时间的光影。爱情之花，从来都是开得浪漫而温暖。那是馥郁的百合，沉淀了情感的厚重，一季又一季，开出了芬芳的四季，开出了爱情的保真。亲情之花，从来都是开得真诚而实在。那是庭院里爬满了的茑萝花，拥抱着亲情的温暖，一年又一年，开出了似火的人情，开出了亲情的可贵。

开一朵孩童时纯真的花，温暖也会疲惫的心海；开一朵少年时期望的花，一路迎着青春的希望；开一朵青年时坚毅的花，坚定人生的步伐；开一朵中年时淡然的花，从容面对一切；愿岁月馨香如故，如花静静绽放。

秋深处，岁月向暖

落叶缤纷，秋已暮。秋风卷起落叶横扫大街小巷，大有一种气势凶猛的来头，而高空浅淡的云朵正轻声细语，仿佛最是闲淡，不理会那秋风一阵猛过一阵的肆虐。秋深处，最是多情。明明最是无情的秋风，却把落叶一遍遍地卷起又放下，似乎总也不舍那抹枯黄离去。秋深处，最是浪漫。明明是枯叶零落，那属于秋天的枫红却把千山染遍，要把那漫山遍野抹上最浪漫的口红。

秋深处，公园已是缤纷色彩渲染，波斯菊正盛开，一大片一大片地吸引着游客的光顾。随风摇曳多姿，把那抹暗红深情地展现在大家眼前。橙色、白色、紫色，争先恐后地张开了脑袋，分明是要把最美好的情怀赠送给懂得欣赏的人。尽情地拍照吧，尽情地闻一闻花香吧，在这秋深处，这里的姹紫嫣红并不输给其他的任何季节。

红色塑胶跑道上，人们在瑟瑟秋风中，毫无顾忌地奔跑。迎着阳光，逆风而行。活力四射的年轻人正迈开大步超前奔跑，汗水沿着脸庞流下，那是生命的朝气；体格依然健硕的老人，同样不甘落后，他们甚至光着膀子，任由那冷风吹进汗水正流淌的毛孔，清洗着生命的繁杂。还有，跟随着父母奔跑的孩童，一步一个脚印，踏踏实实地在跑道上前进，仿佛追逐着生命的希望。夹杂在人群中的我，带着幼儿行走在跑道的边缘，秋日的阳光洒在身上，削弱了冷风带来的寒冷，美好的时光就这样交融在岁月的河流里。

不远处的草坪上，在那簌簌落叶覆盖的地方，有不畏寒冷的年轻人铺开了一张欢乐的野餐垫。休闲的时光最是动人。牌局开起来了，升级还是斗地主由你做主。智慧三国杀起来了，吕布诸葛大战几个回合。没有参与其中的，散漫地躺在地上，两手托着脑袋，一边听音乐一边观赏高空中的白云飞舞。有不甘寂寞的落叶，飞旋着落下，然后加入一张张笑脸的队伍。活力与沧桑，在瞬间，交融在一起。奔跑的孩童，停了下来，他安静地观赏着落叶的飞舞，等到落叶与土地进行亲密接触的时候，他迅速捡起落叶，朝妈妈跑去，一边跑一边喊：妈妈，看我捡的树叶，好美！是啊，好美，我也不由自主地捡起一枚银杏叶，把它放入闺女手中。她开心地看着手中的叶子，欢喜洋溢在她稚嫩的脸庞上，仿佛看到了最美的童话。

静水深流，那些野钓的人们不为冷风所动摇，他们静坐在溪水边，间或点燃一支香烟。在袅袅的烟雾中，他们钓的是兴致，度的是时光。岁月仿佛静成了一幅水墨画，那安坐在溪水边的人，也成了秋色中的风景。于秋色深处，安然于自己的一个角落，甩竿、静坐、盯着浮标的沉浮、收竿，动作一气呵成干净利落。钓到鱼的，随手往旁边的水桶一扔。没钓到的，重新检查鱼钩上的鱼食，接着又重复一轮甩竿的动作。在这秋色已渐浓时光已渐远的岁月里，他们钓的是鱼，相守的是静坐的时光。

秋深处，岁月向暖。生命的力量在奔跑，在撒欢。青春的岁月，在奔放，在流转；老去的时光，在静坐，在沉淀。秋色渲染，满目如画，落叶铺就的画布深深浅浅，轻轻走过，留下一抹岁月的痕迹。在这秋色的旷野里，每一抹笑容都是对生命的赞歌，每一声呼唤都是对时光的尊重。倾听秋风留下的声音，这个季节，让我们的时光向着温暖奔跑，让我们的岁月欣然向暖。

恰好，是一种不可求的缘

于时光河流中，恰好遇见你，不早一秒也不晚一秒，那是一种多么神奇的缘分。于茫茫人海中，恰好遇见你，恰好在这里，这是一种多么令人难忘的遇见。朋友之间的相识，便是这一份恰好的缘分。你恰好喜欢朗诵，我恰好喜欢听；你恰好喜欢绘画，我恰好喜欢看画；你恰好喜欢唱歌，我恰好喜欢听歌……哪怕不曾深交，因了这一份恰好，两颗原本遥远的心，这一刻似乎很近很近。

喜爱文字，痴爱成章，不管多忙多累仍然坚持着。幸得有读者喜欢，纷纷给我留言、赞赏。我感动于大家对我的肯定和赞扬，于是诚恳地向大家道谢，有读者回复：你喜欢写，我喜欢看，所以不必客气。是啊，恰好的缘分，不必多言。我恰好喜欢写，不管有没有读者，依然会把心中的每一份感悟写成文章，依然不会停下前行的脚步。而有缘的是，作为读者，恰好喜欢我的文字。我恰好喜欢写，你恰好喜欢读，如此便好。有位朋友疯狂地爱上了摄影，她利用一切可以利用的时间，带着她的相机和一系列镜头穿梭于大街小巷。有时和摄影朋友们去野生公园拍鸟，手都酸了也不觉得辛苦。有时候悄悄探入婚纱基地，迅速对着各种婚纱拍照，在主人发现之前迅速溜走。花卉展、服装展、艺术馆，似乎任何一个拍摄机会都不错过。所以她的朋友圈里经常能看到分享的美照，让我们这些观赏的人大饱眼福。有一次她觉得不好意思了，问大家：我是不是太嘚瑟了，我还是不发朋友圈了吧。我们纷纷严厉反对，因为朋友在分享照片的同时我们也享受着这美好。因了这份恰好，你恰好喜欢照，我恰好喜欢看，如此便好。无论是写作抑或是绘画，每个人都自有风格，这一份恰好，强求不得。不喜欢你的人，读了你的文字会挑出各种毛病：矫情、无深度、无病呻吟，哪怕文章本身或许并没有那些所谓的毛病。讨厌你的人，看了你的绘画作品会指出一堆问题：俗气、凌乱、没有自己的特点，哪怕画作本身或许并没有那些所谓的问题。只是，他恰好不喜欢你的作品罢了。

　　阳光喜爱把温暖洒给人间，而人间恰好需要这份温暖。不必感谢阳光，因为它心甘情愿地要把这温度散发。雨露喜欢把滋润留给绿叶，而绿叶恰好需要这一份滋润。不必感谢雨露，因为它自觉自愿地要把这湿度传播。这一份阳光和人间、雨露和绿叶的恰好之缘，带给我们多少美好的光阴。如若缺失了这一份恰好，不喜日光曝晒的绿植，只能悄悄地躲在阳光不能经常照射的地方。不喜雨露的植物，只得在雨水罕至的沙漠地带生存。

　　这一份恰好，拉近了你我之间的距离，不必刻意去感谢这份缘，也不必勉强去维系这份缘。因为这一份恰好，是一种不可求的缘。不要去破坏这一份恰好的缘，如果刻意去讨好读者的心思，写一些自己也不愿看的文字，那就失去了写文的意义。如果画家刻意去追逐名利，画一些投机取巧的作品，那么，喜欢他画的人也会掉头离开。

　　这一份恰好，是茫茫人海中最可贵的缘，哪怕不曾如挚友那般深交，因着这份恰好便也无比珍贵。

拂去爱的灰尘，让情感温暖如昔

走在时光的列车上，随着窗外的风景渐渐远去，青春也已经渐行渐远。此时的我们鬓上已染白发，额梢已刻皱纹，在牵手平淡的生活中，不知不觉之间已把恋爱时光里的热情遗忘。曾经浪漫的那些恋爱中事啊！深夜里抱着电话，始终不想撒手，再见的话说了一遍又一遍；夜色中大手裹着小手，牵手月华下的浪漫，操场上的跑道走了一圈又一圈。雪花纷飞的场景里你追我赶的镜头，歌厅里依偎而舞的曼妙舞姿，生日里远方寄来的惊喜……这一切，似乎都蒙上了岁月的灰尘。那些似乎永远说不完的话都扔给了岁月的垃圾箱，没有人去清扫打理；那些似乎只有在收到晚安的信息以后才能安睡的夜晚，仿佛成了岁月的顿号，停顿在来时的路上。

是谁收藏了爱恋的那些甜蜜。一封封情书写的密密麻麻，每一字每一句都是爱的思念和喜悦，如今都在哪儿呢？是谁珍藏了爱恋的那些点滴。明明笨手笨脚却非要织一双手套，一只大一只小，一个手指头粗一个手指头细，现在躲在哪个角落呢？那些曾经的曾经，如今都已经远去了，我们的爱情也堆满了时光的尘埃。我们的沟通什么时候成了有事说事没事闭嘴的模式，我们的电话什么时候成了"回家吃饭""不回，你们吃"这种简单的语言，我们有多久不曾坐下来聊聊心中不灭的梦想。忙碌的日子，让我们成了生活的机器，常常不停歇地运转着。可是，我们毕竟不是机器啊，我们有思想、有智慧、有心灵。时常给自己喘气的时光吧，也时常给爱情浇水施肥吧，一辈子并不长，让我们从琐碎生活和忙碌工作中解放出来，哪怕短暂如半小时，谈谈心聊聊天，牵牵手抱抱肩，也是对爱情延续的馈赠。

拂去爱的灰尘，让浮躁的心回归原来的位置，让情感温暖如昔。不必等到纪念日，才想起要隆重地纪念一下爱情，如若珍惜，每一天都可以是纪念日；不必花大价钱买漂亮的鲜花来倾诉爱情还在，一起相偎着看天上星辰漫天也是一种爱的喜悦；空闲的时候拿出那些情书，温习当年的甜蜜，告诫现实生活不该继续苍白下去。让我们拂去那些不耐烦、不重视、不珍惜等爱的灰尘，让我们在平淡生活中学会牵手和拥抱，学会给予对方爱和被爱的力量，让那些热情的、温暖的空气再次充斥在我们的周围。

愿岁月静好温婉，愿活在生活琐碎里的男女都记得拂去爱的灰尘，让情感温暖如昔。爱的玫瑰不会永远鲜艳，爱的感觉不会永远甜美，需要我们时常拂去爱的灰尘。哪怕岁月老去，容颜不再，那一份爱的温馨还在，生命就会美好如初；哪怕红尘多难，心灵沧桑，那一份爱的温暖还在，心灵就不会想要放弃。执手相看，轻轻地拂去爱的灰尘，让那些埋怨、猜忌、责骂都远离我们的生活，把理解、宽容、珍爱的种子种在我们的时光当中，让我们的岁月美好若辰，让我们的情感温暖如昔。

乡村掠影，醉在这美丽的一方田野里

连绵的山脉，雾气缭绕，仿若走进了仙境。山与山之间的缝隙，已被清丽的雾气填满，朦胧之间，水雾在山林之间蒸腾跳跃，灵活地把每一棵树都披上了面纱，又调皮地把每一棵草都蒙上了纱巾。梯田在山坳里沉睡，田里的水轻轻地张开双臂，拥抱了这晨雾中迷离的山林。

雾气渐渐散去，朝阳缓缓升起。早起的霞光愈发地浓烈，山林归于静谧，雾气变成浅淡的一条白练环绕在村庄周围。山林静悄悄，田野里的水面平静得如同镜子，反射着霞光的色彩。一橙一绿，描绘了清晨的水彩画。

薄雾中，炊烟渐起，一幅朦胧的山水画从乡村中呼之欲出。青山是画风、绿水是画笔，勤劳地在乡野里挥舞，把那美丽的乡村景致付之于笔墨。薄雾的氤氲，和着袅袅的炊烟，跃入眼帘，从沉睡中醒来的村庄披上了华美的衣裳。

找一个镜头，瞄准那倚靠在山里的静谧农舍，他的守望是春天里远方游子的脚步，他的希望是秋天里硕果累累的丰收。黑瓦白墙、依水而居，山林张开的臂膀静静地将这一切拥在怀里。

倏忽之间，时光划过，已是播种季节。弯弯曲曲层层叠叠的梯田，开始播种绿色的希望。田中正挥汗如雨的农人们，卷着裤腿、弯着腰，把绿油油的秧苗一一仔细插种。垄上的一棵树，站成了独特的风景，与在水波里的倒影悄声对话。

庄稼已经成长，农人的辛苦劳作却不曾停下来。撒肥、除草，把每一滴辛勤的汗水都滴落成农作物的营养。树木成翠，云雾做伴，映衬得白墙黑瓦愈发明显。是春天的奏鸣曲吗？在田野间低吟浅唱。

一池水墨，沉静温婉，倒映出山林在云雾中若隐若现的模样；层林叠翠，满目的翠绿环抱着这一池宁静的水，水面下的影子们正轻轻交谈着这个季节的美丽；云雾弥漫，隐约可见，在整个山林里轻舞霓裳，放眼望去，真怀疑自己是不是看到了仙境。此刻的心，只剩下宁静。

春茶的清香在空气中弥漫，层层叠叠的翠绿支撑着茶农的希望。有几座房屋掩映在翠绿之间，白的墙、红的瓦，分外明显。那是茶农采茶累了的时候休憩的地方吧，淡水清茶，一份平安喜乐便在这股带着清新香味的茶香里了。

那是山菊花吗？绽放得那么灿烂，静悄悄地夺走了游人的视线。它们是为那山水美景而绽放吗？为山水增那一抹灿烂的颜色，为美景增添一份花香的魅力。还是守候那湖中的一叶扁舟？摇动的双桨在碧波中荡漾，船上的父子把时光剪影成了回家的目光。

夜幕拉近，山的影子已经开始模糊，落日开始占据了山头，霞光浓烈地倾洒在水中的倒影，把农田染上了绚丽的颜色。此刻的山庄，期待着农人的回归，期待着他们踏实有力的脚步，把一季节的希望带回村庄。

静谧的村庄、美丽的田野，在山水的环绕之中，愈发地温婉。而云雾的陪伴，则给乡村景色抹上了浓重的水墨。感谢摄影师善于发现美的眼睛，给我们带来了视觉盛宴。此刻的我，写着文字，已醉在这美丽的一方田野里。

愿得一人心，白首不相离

温暖的午后，音乐里传来李行亮雄厚且具有穿透力的声音，"只愿得一人心白首不分离。这简单的话语需要巨大的勇气"，不由地想起，多少穿越小说里女主人公以这句话为爱情的守护。在那些妻妾成群的时代里，用莫大的勇气坚守着"愿得一人心，白首不相离"的女子，是多么让人可敬可佩！

"愿得一人心，白首不相离"，我常常默念这诗句，觉得爱情再也没有比这一句更令人动心了。一颗心，只爱一个人，任何人都无法插足，那是多么美好的爱情啊！遗憾的是一直不曾了解这诗句的出处，直到偶然的机会读到了卓文君和司马相如的故事，才得知这名句出自卓文君的《白头吟》。

"皑如山间雪，皎若云中月。闻君有两意，故来相决绝。今日斗酒会，明旦沟水头，蹀躞御沟止，沟水东西流。凄凄重凄凄，嫁娶不须啼，愿得一心人，白首不相离。杆何袅袅，鱼儿何徙徙，男儿重义气，何用钱刀为？"这里的"愿得一心人"和"愿得一人心"存在着争议，如今出现在文学作品中更多的是"愿得一人心，白首不相离"。

那时候司马相如已经在长安久经官场，夫妻两人长期分居两地，繁华的长安美女如织，其才华受到汉武帝赏识官场得意的司马相如也耐不住寂寞，萌生了求娶妾室的念头。卓文君遂做了这一首流传千古的《白头吟》，

"爱情应该像山上的雪一般纯洁像云间月亮一样光明，听说你怀有二心所以来与你决裂。"有勇气和司马相如夜奔、贫困时当垆卖酒的奇女子卓文君如此敢爱敢恨，面对丈夫的外心没有挽留没有请求而是决裂。她那凄怨的《诀别书》"白头吟，伤离别，努力加餐勿念妾，锦水汤汤，与君长诀！"真是令人肝肠寸断。

想当初，卓文君虽然寡居在家，但也是因其才貌名扬千里。书上形容文君的美貌："眉色远望如山，脸际常若芙蓉，皮肤柔滑如脂"，更兼她善琴，贯通棋、画，文采亦非凡。如此才貌俱佳的女子，多少人求而不得。是司马相如的一曲《凤求凰》使她芳心大动，"凤兮凤兮归故乡，遨游四海求其凰"，曲律中卓文君听懂了司马相如的求娶之意。虽说两人的爱恋你情我愿，但大富豪卓文君的父亲卓王孙显然不同意两人在一起，那时候的司马相如只是个落魄书生，寄住在卓文君家隔壁的县令王吉家里。因此，敢于追求爱情的文君和司马相如夜下私奔而去，回到成都过起了二人贫困的日子。生活窘迫的时候，文君把自己的头饰当掉，开了一家酒铺，在家当大小姐的卓文君亲自当垆卖酒，真真是为了爱情全心付出所有。

到如今，司马相如在长安得到汉武帝赏识一路官运亨通，就渐渐忘记家里的卓文君。在繁华里坠落，在温柔乡里沉沦，哪还记挂着曾经同甘共苦的糟糠之妻。为此，司马相如给卓文君寄了一封信，信里只有一串数字"一二三四五六七八九十百千万"，聪明的文君从信中读懂了司马相如想要对她说的"无意"。这"无意"不管是无意继续前缘，抑或是从头开始，都代表着司马相如已经有了二心。才华横溢的卓文君马上持笔，以这些数字排列为命题，回复了一首《怨郎诗》，这首诗堪称为数字诗歌的经典之作，流传至今。

"一别之后，二地相悬。只说三四月，谁知五六年。七弦琴无心弹，八行字无可传，九连环从中折断，十里长亭望眼欲穿。百思念，千系念，万般无奈把郎怨。万语千言说不完，百无聊赖十倚栏。九重九登高看孤雁，八月仲秋月圆人不圆。七月半，秉烛烧香问苍天，六月伏天人人摇扇我心寒。五月石榴似火红，偏遇阵阵冷雨浇花端。四月枇杷未黄，我欲对镜心意乱。忽匆匆，三月桃花随水转，飘零零，二月风筝线儿断。噫，郎呀郎，巴不得下一世，你为女来我做男。"

跨越千年历史之后的我，深深地为卓文君的才气所折服。一首《怨郎诗》，道尽了分隔两地的思念，诉说了对爱情横生变故的怨念。"七弦琴无心弹，八行字无可传"，一个人的时光，再无心思弹起七弦琴，写好的字只能孤芳自赏无人可一起欣赏；"六月伏天人人摇扇我心寒"，六月这么热的天，别人摇着扇，也抵不过心里的寒冷啊。卓文君的才华横溢、词真意切，终于挽回了司马相如的心。收到回信后，司马相如反复读了好几遍。他为自己今日的行为羞愧难当，决定亲自把卓文君接到长安。此后两人白首到老再无他人插足，成就了中国古代恋爱史上的千古佳话。

同时，也为她对待爱情的决绝态度所叹服。个性如此鲜明的卓文君，从为爱夜奔到当垆卖酒，文君的勇气为她后来的幸福奠定了基础，《白头吟》《诀别书》《怨郎诗》则用她的敢爱敢恨考验了司马相如对爱情的忠贞程度。幸运的是司马相如不是陈世美，他还能悔悟于自己的行为给卓文君造成的心灵创伤，并能为挽救这段婚姻迅速做出行动，也才有了日后的举案齐眉。

卓文君留下的千古佳句，成了世间所有为爱痴情人的座右铭。愿得一人心，白首不相离。每一位身陷爱情之中的女子，都如此期盼的吧，哪怕未来的路上充满艰难险阻，但若能得到一白首不相离的人心，那便全身都充满了勇气。自古到今，多少人为爱奋不顾身，却也因没能得到那一心一意的人而酿成悲剧。杜十娘怒沉百宝箱投河自尽，崔莺莺走向河的深处，皆因为她们所爱的男人没能做到对爱的专一和忠贞。

从卓文君和司马相如的爱情故事里走出来，继续沉醉于李行亮的歌声里，"愿得一人心，白首不分离"，和爱人共度牵手年华的日子渐渐温柔了悠长的岁月，幸福哉！

一种相思，两处闲愁

　　年少芳华正值妙龄，多沉迷于琼瑶的爱情小说，《庭院深深深几许》《一剪梅》《月满西楼》《却上心头》，琼瑶有多喜欢李清照的词啊，仔细一瞧，这些书名全部来源于宋代著名词作者李清照。

　　大家对李清照的《如梦令》一定非常熟悉，上中学的时候几乎人人会背，那一句"争渡，争渡，惊起一滩鸥鹭"仿佛是一幅动感的画面，直接呈现在读者的脑海。

　　"常记溪亭日暮，沉醉不知归路。兴尽晚回舟，误入藕花深处。争渡，争渡，惊起一滩鸥鹭。"我也曾照猫画虎，写过一首如梦令，真真是为赋新诗强说愁的年龄，明明风华正茂，却写的是"怎奈心老人瘦"。

　　"昨夜浅饮月露，今晨梦醒含愁。

　　举手问归途，却道红尘作游。

　　难走，难走，怎奈心老人瘦。"

　　如今，自己读来都觉得那时的矫揉造作。

　　再继续读有"千古第一才女"之称李清照的词，每一首词的意境都那么令人沉醉。一首《醉花阴》"薄雾浓云愁永昼，瑞脑消金兽。佳节又重阳，玉枕纱橱，半夜凉初透。东篱把酒黄昏后，有暗香盈袖。莫道不消魂，帘卷西风，人比黄花瘦。"给大家描绘了一个恋爱中的女子。她眉黛含忧，含着点滴酒醉后的迷离，愁绪中女子的思念在慢慢地滋长，瘦了的是身影，醉了的是人心。

琼瑶的《月满西楼》和《却上心头》小说名来自于李清照的《一剪梅》，"红藕香残玉簟秋。轻解罗裳，独上兰舟。云中谁寄锦书来？雁字回时，月满西楼。花自飘零水自流。一种相思，两处闲愁。此情无计可消除，才下眉头，却上心头。"仔细阅读，似乎每一字每一句都含着芳香，沁入心脾，化作一种淡淡的思绪在心中百转千回。那意境已经无法用如今的白话文再来解读一遍，只在心灵里一遍遍地共鸣。这些词作都是李清照前期的作品，比较真实地反映了她的闺中生活和思想感情，题材集中于写自然风光和离别相思。那时，家国还在，李清照只着眼于个人的所见所闻，抒发了个人的离别相思的情绪。李清照的父亲李格非是苏轼的学生，进士出身，官职曾任礼部员外郎。李清照的母亲是状元孙女，很有文学修养。因此，出生于爱好文学艺术家庭的李清照，从小受其父母亲的影响，善文辞、熟韵律、工于词章。18岁时，嫁给宋徽宗崇宁年间宰相赵挺之第三子赵明诚，两人情投意合如胶似漆，同在文学研究上下功夫，过着幸福美满的夫妻生活。著名的《醉花阴》便是丈夫赵明诚远游在外时所作，一腔思念之情溢于言词。

好景不长久，其父因朝中新旧变法之争被罢免官职，公爹赵挺之亦在党争中败北，赵李两家相继败落。李清照跟随丈夫屏居青州（今属山东）十年，专心研究金石之学，并一同编撰《金石录》。

1127年，金朝攻破汴京，徽宗、钦宗父子被俘，高宗南逃，家国破灭。复出后被任命为建康知府的赵明诚，在一次叛乱中弃城逃跑，令李清照心灰意冷，写下有名的《夏日绝句》，"生当作人杰，死亦为鬼雄。至今思项羽，不肯过江东。"借项羽的宁死不屈反讽赵明诚的不作为，也对徽宗父子丧权辱国的行为极度愤恨，意思表达得痛快淋漓。赵明诚读后自感羞愧，后在赴任湖州途中病逝，留下李清照一个人继续颠沛流离的生活。

李清照后期的作品是在国破家亡、颠沛流离生活中所作。一首《声声慢》，写尽了世间独自寻找前途，却怎奈依旧冷冷清清的悲凄。"寻寻觅觅，冷冷清清，凄凄惨惨戚戚。乍暖还寒时候，最难将息。三杯两盏淡酒，怎敌他、晚来风急？雁过也，正伤心，却是旧时相识。"

《声声慢》首句连下十四个叠字，历代词家异口同声赞为千古绝调。在李清照"凄凄惨惨戚戚"的孤寂生活之时，觊觎李清照钱财的张汝舟乘虚而入。刚接触时对李清照嘘寒问暖，关爱有加，发现李清照并没有自己预想的家财万贯之后，本性暴露后对李清照拳打脚踢。为了结束这段婚姻，李清照不计哪怕因为妻子的身份同样也要受牢狱之苦，也要状告丈夫张汝舟科举考试作弊而得来的官职来源。入狱后，因友人施以援手，于九天后被释放，这段虚情假意的婚姻也到此结束。

其后，李清照孑然一身过完了以后的日子。李清照并没有停止词的创作，在逆境中写出了许多作品。比如《武陵春》："风住尘香花已尽，日晚倦梳头。物是人非事事休，欲语泪先流。闻说双溪春尚好，也拟泛轻舟。只恐双溪舴艋舟，载不动、许多愁。"这首《武陵春》写作于绍兴四年李清照避难金华期间，历尽崎岖坎坷的李清照发出了"物是人非事事休"的人生感慨。

"词压江南，文盖塞北"，被誉为"词国皇后"的李清照，从名门闺秀到孤苦无依，从琴瑟和鸣到孑然一身，她的前半生与后半生可谓天壤之别。一种相思，两处闲愁；半生孤苦的李清照，与文字为伍，坚守内心的家国，哪怕最终贫困忧苦，也给后人留下珍贵的史学著作《金石录》。号称易安居士的李清照从女性的角度出发，以女子多愁善感的心怀写下了许多情感佳作，同时，她一直敬佩苏轼逆境中不屈不挠的生活态度，后期也留下了豪放词曲，如《夏日绝句》《渔家傲·天接云涛连晓雾》。"九万里风鹏正举。风休住，篷舟吹取三山去！"在那独自一人落寞江南之时，还能写出如此豪迈的词作，真不愧是千古第一才女。

多少文人墨客赞誉过李清照的才华，多少史学大师研究过李清照的生平，可见李清照在文学史上的地位。我这短短的两千字哪能一概易安居士跌宕起伏的一生，且以一首《点绛唇——寄易安》结尾，以表达我对宋代婉约派代表李清照的怜惜与敬佩之情。

"半生孤苦，回望家园谱词曲。惜花花败，几更落愁雨。

家国难安，寸心无归处。人何在，佳作流传，而今万人慕。"

你美好的童年藏着多少"坏事"

在写此文之前，我曾经就"你的童年是否干过坏事"这个问题做过一个小调查，调查结果显示有 80% 的人承认他们在童年干过坏事，可见我们的童年里藏着许多的坏事。其实，这个坏事是要打上双引号的，因为童年里做的坏事，并不见得是真的坏，而是一种未泯的童心。

乖乖女如我，也毫不例外地曾经干过"坏事"。记得那次，我端着碗在邻居家门口吃饭的时候，不小心把碗打碎了，害怕被母亲训斥，于是把碎了的碗连同筷子一起藏在别人看不到的角落。接着，若无其事地回家重新拿碗舀饭，装作刚开始吃饭似的。然后，就这样，悄悄地掩埋了真相。

和朋友们聊起童年往事，滔滔不绝地似乎都是那些"坏事"所带来的兴奋感。在一车子的甘蔗面前，男孩子们分明贼心满满，趁着车速慢的时候攀爬、拉扯，揪下来一两根甘蔗便兴奋得直跳；炎热的夏天，路边的田野有甜瓜，随手摘上一个，泉水一洗便直接啃上了，是窃还是偷，都不重要，重要的是一边四处看有没有人，一边体验大口吃瓜的快感；把点着的鞭炮一把扔在胆小的女孩子身边，一边看她大呼小叫一边哈哈大笑。如此之类，举不胜举，我相信，每一个人的童年都或多或少地干过"坏事"，也正因为这些"坏事"我们才逐渐成长起来。

有一种"坏事"是图好玩的恶作剧。

男孩子们似乎总是对女同学的长头发很感兴趣，有人图好玩，悄悄拿了把剪刀，咔嚓咔嚓剪下了女孩子的头发。女孩子哭得眼泪鼻涕一大把，男孩子则朝女同学做鬼脸，这不是恶作剧吗！把抓来的蚂蚱，悄悄地塞进女同学的文具盒，看到她们打开文具盒上蹿下跳的惊恐样，男孩子则乐开了花。这样的事情，也不少见吧。女孩子向老师或家长告了状，男孩子被挨了批，恶作剧事件就这么升了级。多少年以后，女孩子还耿耿于怀于男同学的恶作剧，因祸得福，对此的记忆倒是深刻极了。

有一种"坏事"是好奇心驱使的。

儿子小时候觉得剪刀很好玩，把我家的床单、窗帘剪了好几个洞，训一顿又能如何呢？他就是很好奇，觉得剪刀能剪断东西很神奇，就拿床单和窗帘做实验了；妈妈的口红很好玩，我也抹抹，然后就成了满脸口红的小孩了；姐姐的高跟鞋很好看，让我也来穿一穿，然后就噗通一声摔地上了。这样因好奇心驱使的"坏事"，每一个你都干过的吧？

有一种"坏事"是因为妒忌的心理在作祟。

为什么她比我漂亮，学习又比我好，人缘也不差？忿忿然，于是，悄悄地时刻关注她，只要她一有风吹草动，立马就去找老师打小报告，看老师批评她的时候别提心里多高兴了，好像自己一下子就超过她了似的。这样因妒忌的心理作祟引起的"坏事"，着实不可取，可那时候小，哪理解公平竞争是一种美德。

有一种"坏事"是自己并不认为是在做坏事。

小时候，大家都爱涂涂画画，大人也不太管。然后，网络上传播范围很广的那张被孩子画得乱七八糟的护照就这样发生了。还有，折叠纸飞机一不小心用了父亲的公文纸；还有，把纸扔进厕所，堵了马桶；还有，练毛笔字的时候一不小心用了哥哥的作业本；还有，采摘桑葚的时候直接用衣服兜装，导致衣服五颜六色洗也洗不掉。这样的"坏事"发生的似乎很自然，主人公完全没有意识到自己做了一件坏事。

那些曾经干过的"坏事"，现在想起来，是不是让你觉得印象非常深刻呢？你的童年里藏着多少"坏事"，也就藏着多少美好的记忆。回不去的童年时光，即便是恶作剧的记忆也带上了岁月的香气。而曾经做错了的事，改过自新之后，谁又会真正怪罪小孩子呢！

读到这里的时候，请打开记忆的阀门，回味一下你美好的童年藏着多少"坏事"呢？

稳定的爱情，需要可靠的平衡来保证

在中学的时候我们都学过杠杆平衡原理。在这原理中，支点起着关键性的作用，支点的位置改变了，杠杆的平衡就会被打破，从而必须改变力的大小来重新达到平衡。

我相信爱也是有支点的。

如果把爱看成一根杠杆，那么杠杆的一端是女人，另一端是男人。爱绝不是简单的天平，可以将重心放在中间。因为男人和女人不仅仅在体力上存在差别，在思考问题、家务劳动的付出、对孩子的付出、社会责任的大小等许多方面都会有差别。尽管男人和女人都在杠杆两端用力，他们所使的力也是不等的。如果相爱的男人和女人意识到爱的支点的存在，使自己对于爱的付出适宜，便达到了爱的平衡，这是一种幸福而轻松的境界。

前些天有一朋友给我打电话，她说她很爱她的先生，可是总觉得爱得很累，问我怎么会这样。朋友是那种为爱可以牺牲一切的人，自从她答应了男友的求婚而成为他的妻子后，每天的重心都是爱情。上班的时候，每到中午就给先生打电话，事无巨细。下班后提前做好了饭菜等他回家，吃完饭又主动地洗碗刷锅。洗衣服、打扫房间，她一概全包了；出门的时候，无论去哪里做什么事，总会给他留个短消息。每次如果他晚点回来，就会主动给他打个电话确认他的平安。有事没事总喜欢翻看他手机、微信、

QQ，只要出现聊天对象是女性的，一条信息都不落下，还养成了疑神疑鬼的毛病，两个人经常会为此吵上一架。可是他呢，常常吃完饭就去玩游戏，也从来不会因为她洗衣服表示一下关心。有时候，和哥们一起吃饭就会忘记给她打电话。对她的手机从来不理会，有时候遇到她接到异性朋友的语音聊天，也只是会关心一下对方是谁。是她先生不爱她吗？他也是我大学同学，也算是老相识了。从他追她过程中的那些事，就知道他肯定是爱她的。他也会记得他们的纪念日，也会经常送鲜花、项链等礼物，也会在出差的时候给她打情意绵绵的电话。只是被她养成了这生活中不做家务的习惯，有时候忽略了她的感受，男人吗，总是粗心一些。

我对朋友说，你在爱的过程中使的力太大了，使你们的爱情失去了平衡，爱的杠杆完全倾斜在他那边，你要使很大的劲才能保持并不牢靠的平衡，所以你会觉得累。如果你懈怠爱情一些，让爱的支点发挥起正常的作用，你会发现爱情得到了平衡，你的心情就会轻松快乐起来。比如说你可以洗好菜等他回来一起炒菜，比如说规定晚上十点以后要是还不回家双方都要给对方打个电话或发个短信，比如说把家务劳动分一下工，比如说给双方一些自由的时间做自己喜欢做的事情，等等，爱情的守护是两个人的事，爱情的稳定也一定需要合适的平衡点。

朋友采纳了我的建议。不再把先生看得死死的，不再把爱情看作每天的重心，空闲的时候自己看书购物美容，过得优哉游哉。过了几天，她又给我打电话，告诉我她现在轻松了许多。先生现在也喜欢和她一起炒菜一起洗碗，做家务的时候她扫地他拖地分工合作。不再每天中午打电话，聊一些琐事，从而有了午睡的休息时间。不再查看先生的手机，两人也不会再因此而吵架。生活尽管仍然是油盐酱醋茶，但矛盾已经不再那么尖锐，两个人的世界重新找到了幸福轻松的感觉。

　　稳定的爱情，需要可靠的平衡来保证。其中最重要的是要有合适的支点位置，如果支点太靠一端，另一端得用很大的力才能保持爱情的平衡，那一个人就会太累，结果爱情失衡导致无可挽回的地步。

　　睿智的女人学会放手，淡然的女人学会平和。她们会把爱情看得很重，但是不会把爱情看作全部。她们不会被爱情所束缚，明智地把爱的支点尽量地往中间挪移，这样爱的双方都不会觉得自己太累，从而爱情有了稳定的壁垒。

　　爱情有着保鲜期，七年之痒是一道坎。如果爱的支点太靠一端，使力很大的一方，心累的时候最容易被他人乘虚而入。这时候，如果有人用嘘寒问暖、甜言蜜语的糖衣炮弹来侵袭生活，会让人产生错觉，从而守不住友情和爱情的界限。原来的爱情被打碎，生活失去了安稳，这样的日子谁都不愿意尝试。

　　稳定的爱情，才可以轻松地过渡为亲情。世间所有的白头偕老，不过是把亲情渗透进了爱的双方。那些甜言蜜语、无聊不欢的日子，终究会成为过去，而柴米油盐的平淡，才是生活的真谛。你的左手，是我的右手，携手一辈子，是因为早已把对方刻进了自己的生命。

坚持，是一种情怀

　　几乎所有人都知道，三天打鱼两天晒网的行为是可耻的，但真正在生活中，这种行为却频繁地发生在你我身上。最常见的恐怕是健身，花大价钱办理了健身卡，但一年到头去健身馆锻炼的次数总共就没几次。这种案例屡见不鲜。我们似乎需要寻找坚持的理由，来为我们的决心添砖加瓦，以便以勤奋为坚持的铜墙铁壁，让身上的懒惰因子不会侵蚀了坚持的那份决心。

　　有时候，所有的坚持，都是为了不在原地踏步。

　　最近，在地质大学慢跑的人越来越多了，其中不乏我公司的同事。他们或者清晨在地大操场上快步走，或下班后成群结队去慢跑，或组建队伍跳大绳，锻炼的身影几乎从不间断。他们中大部分，都已经人到中年，开始意识到身体锻炼的重要性。他们的坚持，不以竞赛为目的，而是为了身体不在原地踏步。随着年纪的增加，公司每年一度的体检，总能查出一些同事身体上的问题，例如胆固醇高、脂肪肝等。如果再不锻炼，即便查出的问题不会恶化，停在原地也是不健康的。为此，他们把身体锻炼提上了日程，并很好地坚持了下来。其中有位女同事，上大学的时候跑800米总是累的几乎脱力，如今，在配速8公里每小时的情况下，也能一口气跑个0圈4公里了，可见，坚持的力量是巨大的。

有时候，所有的坚持，都是为了不会因放弃而退步。

现在的孩子，许多人都业余学乐器，但往往会因为学业的繁重而停了下来，真正坚持下来的少之又少。如果能够每周只抽出一个小时，哪怕只有半个小时，只要坚持学下去，一定是有效果的。一则可以陶冶情操，二则在没有压力的练习中可以给学习减压，三则学校有文艺演出的时候还可以参加节目进行表演，怎么看都觉得是很值得的事。因为一旦放弃，手法不再熟练、曲子已然陌生，再重新拾捡起来已经是一件很困难的事。南京29 中一名高一男生在去年年底举办了一场钢琴独奏音乐会，轰动全校，这位 5 岁的学生至今还把钢琴视为好朋友，这与他的坚持分不开。在钢琴之路上，他也曾有过极度讨厌弹琴的时候，他妈妈和他商量把时间减少到每周坚持 20 分钟。就是这样，每周 20 分钟的坚持使他的弹琴水平不曾退步，直到他后来又喜欢上弹琴。

有时候，所有的坚持，都是为了不在将来后悔。

水木清华 BBS 的家版是个很有意思的地方。离婚的、新婚不适应的、出轨的、孩子的、公婆相处的，各种话题，很是热闹。最近有一篇吐槽文引起了我的注意。原文大意是这样的：女主有一个很爱很爱她的男朋友，本科，创业中，两人相恋八年，最近想把结婚提上日程。可女主的父母不同意，原因是本科男朋友配不上硕士女主，他们甚至抛出"如果你们要结婚，你就不是我们的女儿"的话来坚决反对。一边是爱情无法割舍，一边是亲情毫不退让，令女主很是苦恼。有网友出主意，"坚持到 30 岁，父母肯定会追着你屁股后面让你结婚。"从字面理解，这个主意并不能解决现阶段女主的困惑，不过从长远看，这似乎真是一个好主意。对于父母的不配合，任何过激的行为都是无济于事的。当然，坚持会很难，但为了不在将来后悔，坚持也是必要的。

有的时候，所有的坚持，都是为了那个成功的顶端。

因为坚持，走向成功的案例实在太多了。演员从不知名到知名，中间不知道付出多少艰辛。钢琴家数年如一日，每日弹琴时间超过八小时，不知道吞下多少血泪。排球女将、足球铿锵玫瑰、游泳健将等奥运冠军，又有哪个不是摸爬滚打中坚持下来的。可以说，没有过去的坚持，就没有他们现在的成功。

人生的河流，按照时间的轨道一直往前流淌，我们哪里还有理由不为自己的生命坚持一下呢。坚持一种爱好，那爱好即便不能开出繁花似锦，但也必能绿草如茵；坚持一种锻炼方式，那锻炼即便不能令你有运动员的体魄，但也必能让你保持健康的身体；坚持一个良好的生活习惯，那习惯即便不能令你如绅士般优雅，但也必能提高你的生活质量。

坚持，是一种勇气的延续，是一种惰性的克服，是一种岁月中沉淀下来的情怀。愿你一直拥有这样一种坚持的情怀，把一份爱好、一种锻炼、一个习惯串成音符构成生命的华章，美好人生道路上的点滴。

把"有什么事吗"换一种说辞

爱你的女孩子怀着一腔的思念忍不住打电话给你，你接起电话就说"有什么事吗？"冬天里的冰块砸中了含着炽热情感的女孩子，她的情绪不免就低落了下来，原本的热情也立刻消失得无影无踪。其实，或许她找你并没有什么重要的事。只是突然想你，想听听你的声音，想知道你好不好，想和你聊聊天。而你一句正式的提问顿时使她陷入尴尬的境地，于是原本的好心情就被你搅得乱七八糟。

想你的好友打电话来，你接通电话就问"有什么事吗？"正式的语气，无形中拒人于千里之外。朋友的一份问候立马变了滋味，心中百转千回，怏怏然地没有了聊天的兴趣。其实，或许他们只是想问候你最近情况，打电话不过是方便保持紧密的联系。听听熟悉的声音，侃侃曾经的往事，便可以拉拢两个人之间的关系，使醇厚的友情可以持续发酵下去。而你一句例行公事般的"有什么事吗？"顿时令人心里不是滋味，使朋友的热情立马大打折扣。

牵挂着远方儿子的父母给你打了电话来，你接起电话就问"有什么事吗？"无形中的冷淡霎时击落在你亲人身上，心灵的距离代替了空间的距离，老人的心中难免会有感慨和失落。其实，或许他们找你并没有什么重要的事情。只是担心你在异地他乡没人照顾，担心你睡觉睡的好不好，吃饭吃得香不香，工作做得顺利不顺利。而你这样一句提问顿时冷却了他们牵挂的心情，使他们以为对于你的关心原来你并不在乎。

有了第一次，第二次再打电话来，心里便有了疙瘩，若是你还不思悔改提起电话就问"有什么事吗？"无形中你就失去了朋友乃至亲人对你的关心。无论爱情、友情还是亲情，都承受不起平淡的态度和冷漠的语气。

如果把"有什么事吗？"换一种说辞，是不是更好呢！面对不同的人，不同的时机，说辞也要随时变换。很长时间才联系一次的，接到电话的时候，你可以说，"最近怎么样？我都有些想你了"，这样的说辞可以拉近人与人之间的距离，可以温暖对方想念你的心情。面对父母间隔短一些的电话，或者可以换成拉拉家长里短的方式，"吃饭了吗？今天吃什么好吃的了。"这样的回答使得电话不再是冰冷的声音传递，而是温馨的情感延续。接到爱你的女友电话，或者可以换一种轻松的口吻，"想我了吗？我想你了。"这样的话语可以温暖彼此的心灵，让美好的爱情爆发出持续的生命力。

你可以对你陌生的朋友说"有什么事吗？"但永远不要对自己的亲友说。

回首来时路，愿真心如故

花开四季，年华更迭，转眼又过一个春秋。在人生道路上，我们出发、停留、又继续出发。心上的行囊，从轻变重、又从重变轻，把那幼稚的、纯真的行李都一一丢弃了，随之而来的是成熟和稳重。脚下走过的路，看过的风景，都成了我们心灵的烙痕，成为一种永恒，存放在我们心灵深处。或轻盈如飞在空中的羽毛，每一次随风飘动，都会刷过心底的一丝丝痕迹。或翩翩如挂在窗口的风铃，每一次叮咚作响，都会引起心灵的一丝丝悸动。来时的路上，究竟遗落了多少往事，那些热情奔放而又傲娇的美好日子，那些懵懂而又纯真的青春故事，那些嬉笑怒骂而又青涩的点滴时光，都遗落在岁月长河里了吗？

岁月的脚步轻轻挪移，它把我们的青春和梦想都打好了包，偷偷藏在来时的路上了吗？曾几何时，我们在爬满格子的作业本上郑重地写上心中的梦想，梦想在小小的心灵里是那样美好。你听，那一个个稚嫩的声音还在耳边回响：我长大了要当一个艺术家，用我最美的设计装饰我们的村庄；我长大了要当一名老师，把知识传授给大家；我长大了要当宇航员，飞上太空翱翔……那是少年的唯美希望，那是青春的铿锵梦想。可是，多年以后，又有几人真正实现了当初的梦想呢！梦想，怎么就如肥皂泡一样五彩缤纷却又随风飘散而去了呢！为了心中的梦想，我们也曾努力过吧。夜色下，白炽灯，苦读的身影；晨雾里，朝霞中，晨读的声音；瑟瑟寒风，奔跑的脚步；曝晒的日光，汗流如柱……梦想曾是心中的那一盏明灯，点亮着人生的道路。在梦想明灯的指引下，走过的每一步辛苦却快乐。是啊，在打拼的道路上，谁不是跌跌撞撞走过来的呢！还记得第一次绩效考核的忐忑，还记得第一次职称答辩时的紧张，还记得设计中遇到困难的心灰意冷……这么多年的求学和工作生涯，那些汗水和泪水交织的点滴，我一刻都不曾遗忘。

人生却无法事事如意，努力过后能实现梦想的又有几个呢。在努力而又得不到之后，我心里的行囊终于在迂回的人生道路上，慢慢放下了心里的梦想。在青春的港口稍做片刻停留吧，放慢急忙前行的脚步，等一等还在犹豫的心灵，让我们回归真实的世界，只要那一颗真心还在，遗落了梦想也没什么关系。人生的道路，终究不是只有那一座独木桥，这条路不通，我们还可以重新开辟另一条。爬不上这座山，我们可以绕过去，爬上另一座山。人生，没有人给你约定一种固定的生活模式，也没有人会给你铺好一条黄金道路。路，终究是自己走的。跌倒了自己爬起来，不要期望还可以像小时候一样在母亲面前撒娇耍赖。社会，远比小时候我们想的更复杂。山路上也许荆棘遍布，人生的道路也是如此。哭过之后，要学会收起眼泪；痛过之后我，要学会自我治疗。身上的疼，可以靠药物缓解；心里的痛，要自己去治疗。我们可以依赖亲情，让那份厚重的温暖缓解心里的疲惫；我们可以依靠友情，让那份真心实意的温情抚平心里的伤痕。但，脚长在我们身上，每一个脚印都需要我们自己去走。

走在中年的路口，默默回首来时路，也曾欢歌笑语，也曾痛彻心扉。青春的故事，还没有落幕，人生的电影还在继续演绎。愿你我真心如故，把那份不掺杂质的童真放入我们的心灵，把那份年少对梦想的执着填进我们的希望，把那份青春的热情写进我们的生命，踏实地走出每一步，风雨过后的彩虹，会是人生最美的风景。

记忆里的那一片草原秋色

过了这么久，那一片草原秋色似乎仍在我的视线里起伏跌宕，一幅幅风景画从记忆深处奔驰而来，那一场秋季的相约再次悄悄地进入了我的梦海。

塞罕坝、木兰围场、红山军马场、乌兰布统草原，不熟悉的人，会以为这一路走过了那么多的草原，而实际上塞罕坝又名木兰围场，红山军马场即乌兰布统草原，而这两个地方是紧挨着的，因为木兰围场属于河北地界，乌兰布统属于内蒙古管理。这一片离京城不算特别远的草原，每年夏秋两个季节，人们纷纷从首都逃离，来到这一片美丽的草原偷得一刻欢娱。

那年的秋季，我们也踏上了草原之路。天公作美，让我们在雨天、雪天、晴天的三种天气里欣赏到了草原的美。当美景随着天气变换，当孩子们欢快的脚步在雪地里穿梭，当草原的牧场和树林交织的图画捕捉我们的心神，当悠闲的马儿在林中散步的镜头吸引我们的视线，这一切的一切都令人感慨万千。

刚到草原的那天，雨丝密密麻麻地覆盖着草原，远处是雾茫茫一片，雨雾夹杂着冷风，阴冷冷的感觉，使人不由得裹紧大衣，此刻的草原欲语还休，那层水雾似面纱一般地遮住了草原的美丽容颜，泥泞的小道挡住了前行的脚步，令人只能遐想其美好却无法踏入草原深处。

当夜，一场雪飘飘洒洒地降落下来，清晨起来的时候窗外已是白茫茫一片，绵延的山脉披上了一层薄薄的白纱，如梦似幻。草地上的雪并不太厚，很适合在上面奔跑，雪，夹杂着草丛中牧草的抚触有一种天然的沙沙的脚感，而此刻的白桦树被风一摇，片片雪花便妖娆而落，落在草地一片纯净的白，落在孩子们的身上便是一连串的笑声，更有爱好摄影的游客，守着这一片雪地里的树林，那么坚定地守候着这雪花的飘落，那么执着地守望着这缤纷的树叶的摇曳。

雪后放晴，阳光便直直地洒落在草原上，山林间的小溪、山谷中的湖泊、路边的树林、草原上的树木，皆是这草原的精灵，深深地吸引了游客的脚步。桦木沟的丛林令人流连忘返，蛤蟆坝的多姿多彩令人屏气吞声，泰丰湖的清澈湖水与多彩的灌木相得益彰，七星湖的各个湖泊分外地明媚，月亮湖的夕阳、栈桥与风车组成了一道独特的风景，真真是美不胜收。爬上不知名的小山，放眼望去，三五成群的树木、枯黄却并非毫无生机的草地、火红的桦木、橙色的松林，草原秋色尽收眼底。

一只狐狸出现在我们的视线中，它偷窥着我们，探头、迈脚，摇头晃脑地在草地里穿梭，倏忽间又飞奔而去。一只松鼠在桦木林里跳跃，调皮地从这棵树蹿到那棵树，看到我们的光临，还友好地点点头，然后消失在树林中。一群马在水边的草地漫步，小马紧跟在母马的身边，间或蹭蹭母马的脑袋，很是温馨的画面。溪水正潺潺流淌，水声在草原的心脏里淙淙作响。

到了夜晚，高空中的星辰是如此清晰，清晰得让人觉得自己仿如梦中。早些年在乡下，也曾在星空下稚气地数过星星，但似乎以往的每一次都不及草原星空给予的内心震撼。仰望星空，繁星点点，我们甚至能清晰地看到银河弯弯，甚至感觉到那些闪亮的星星正一张一弛地碰撞我们的心灵，此刻我才真正地理解灿若星辰的含义。有流星划过夜空，不曾短暂地停留，我甚至还没有来得及许愿，只见一道华光迅速坠落。

草原秋色，在画家绘制的画布里五彩缤纷，每一种色彩都是大自然的馈赠。红色的果实一串串，串出了时光的厚重；橙色的树叶一片片，飘落在季节的隧道里；棕的牛、白的羊、黑的马，悠然地在画布里漫步，丈量着这秋色的美好。朋友，如果你要去草原，请一定不要错过深秋的那份美丽，她会钻进你的心灵，让你呼吸季节的韵味，让你不由自主便会迷恋这多彩的草原秋色。

跌入草原秋色的怀抱，不必关注这里的雾霾指数，因为每一丝空气都带着清新的自然芬芳。在草地上撒欢打滚，不必担心繁重的课业或工作，因为每一分时光都是自在的呼吸。和草原上的动物们亲密对话，不必担心它们会被奔驰的汽车碾压，因为人和动物在这里找到了和谐的存在。

愿这一份美好的秋色一直在那里，等待着我们一次又一次的光临。只是很遗憾的是，草原上的牧草已经渐渐地退化，沙化也越来越严重。真心希望每一位游客能珍惜这份难得的景致，不乱扔垃圾、不乱追动物，让这份和谐继续存在。真心希望旅游当局重视草原维护，不要过度开发旅游资源，不要让牧民过度利用草原资源，还大家一个依然美丽迷人的和谐草原。

尊重选择，何需羡慕他人

你羡慕别人，别人也羡慕你，生活总是这样。比如，我羡慕同学放弃工作自由自在，她羡慕我儿女绕膝生活美满。我羡慕朋友工作突出一路提升到部门经理，她羡慕我准点下班回家继续摆弄业余爱好。如此，既然你羡慕别人的同时别人也羡慕你，那又何必羡慕他人呢！每个人都有自己的选择，别人的生活不一定就是适合自己的，尊重选择，何需羡慕他人。

前些天看朋友圈，发现我们班的美女林子坐在"青春杯"社区广场舞的评委席上，穿着大红的风衣、脖子上系着丝巾，脸上化着淡淡的妆容，得体而优雅地笑着，与我记忆里的那个同学几乎天壤之别。

同学林子是我的姐们，大学一个专业，枯燥的电磁场与微波技术。后来她又考取了北邮，一路又读完了硕士和博士。毕业后在北京大型央企做了好几年的研发，研究第四代移动通信的算法，可谓是白领精英。她每天上班，要从回龙观一路堵车到中关村，下班又重复在拥挤的车流里挪动。限行的时候，就挤3号线地铁，常常挤出一身汗，到办公室坐下来喝一杯水仍觉不爽。加上IT行业的自然规律，项目一忙的时候，加班就成了常态，这使她一度厌倦了这样的生活。那些日子见到她，肤色暗黄、眼神黯淡，一副无精打采的样子。在长久的精神压力下她的睡眠质量下降，经常处于失眠的状态。如此反复，精神状态就更差了。不久之后，她向上司提交了辞呈，离开了令她厌倦的职场。从此，不必朝九晚六地穿梭于大街小巷，不必带着黑眼圈干活到深夜，不必为一个问题和同事吵得面红耳赤，失眠的压力也迎刃而解。此后，她学习瑜伽，练习舞蹈，很快就成了社区舞蹈队的领队。那段时间，她的步履是轻松的，眼神是明亮的，睡眠是踏实的。很快，她考取了舞蹈老师的资格，可以正式收学生教授跳舞了。每每有竞赛类活动，她便会接受邀请，坐在评委席上。

每次聚会的时候，我们总是感慨：真羡慕你的生活啊！她总是笑笑：也有人觉得我白白浪费了这么多年的教育资源呢。不过人终究是给自己活的，尊重自己的选择，你就可以风轻云淡海阔天空。

偶然的一次机会认识了一位农场主，经营着自己的农庄。亲自扛锄头下地、日光曝晒下挖红薯、雨里摘豆角，风吹雨淋初心不改，脸上始终洋溢着爽朗的笑容。可是，谁能想到他曾经是一家著名通信公司的项目经理，年薪近百万，手下管着上百号人。我曾经问他，为什么要在人生还没走到顶端就急流勇退了呢？他说，他厌倦了为了项目不停地应酬。当半夜两点到家，刚下出租车就吐了来接他的爱人一身，胃开始痉挛，仿佛在抱怨他无休止的醉酒状态。酒醒之后，他对现状感到了茫然。机缘凑巧，认识了对自然农法有些研究的朋友，这对崇尚田野生活的他来说，好似看到了生命的亮光。辞职、选址、租地、建立农庄，从此走上了另外一条道路。如今，他累并快乐着，早已不是职场中的状态。

每个人都要面对自己的选择，权衡利弊，做出适合自己的选择才是人生的正解。比如我，家有一儿一女，需要经济来源来维持更好的生活。我尚有足够的能力和精力应对工作的挑战和压力，在工作之余坚持着业余爱好享受着舞文弄墨的快乐，闲暇时间陪伴儿女一起成长。这样的生活，是我最好的选择。我尊重自己的选择，也愿意在这条道路上昂首阔步地前行。

　　尊重自己的选择，逃离那条让自己身心俱疲的道路，重新找到一条阳关大道，让和煦的风吹进心灵，让温暖的阳光照见未来，一切会是最好的结果。

图书在版编目（CIP）数据

时光深处，岁月向暖 / 梅江晴月著 .—北京：
中国华侨出版社，2017.3
ISBN 978-7-5113-6688-7

Ⅰ.①时… Ⅱ.①梅… Ⅲ.①散文集－中国－当代
Ⅳ.① I267

中国版本图书馆 CIP 数据核字（2017）第 033559 号

时光深处，岁月向暖

著　　　者 / 梅江晴月
责任编辑 / 文　蕾
责任校对 / 志　刚
经　　　销 / 新华书店
开　　　本 / 670 毫米 × 960 毫米　1/16　印张 /17　字数 /228 千字
印　　　刷 / 三河市华润印刷有限公司
版　　　次 / 2017 年 5 月第 1 版　2017 年 5 月第 1 次印刷
书　　　号 / ISBN 978-7-5113-6688-7
定　　　价 / 33.80 元

中国华侨出版社　北京市朝阳区静安里 26 号通成达大厦 3 层　邮编：100028
法律顾问：陈鹰律师事务所
编辑部：（010）64443056　　64443979
发行部：（010）64443051　　传真：（010）64439708
网　　址：www.oveaschin.com
E-mail：oveaschin@sina.com